R.L. STINE

FEAR STREET

DERNIER ACTE

L'auteur

Robert Lawrence Stine est né en 1943 à Columbus, aux États-Unis. Il est l'auteur de très nombreux romans d'horreur, dont la collection *Chair de poule*, qui a connu un immense succès dans le monde entier. Il est souvent présenté comme « le Stephen King de la littérature jeunesse ».

Du même auteur, chez Pocket Jeunesse

Fear Street T. 1 – La disparue
Fear Street T. 2 – Nuit fatale
Fear Street T. 3 – Les ténèbres
Fear Street T. 4 – Les effacés
Fear Street T. 5 – Dernier acte

R.L. STINE

FEAR STREET

Dernier Acte

Traduit de l'anglais (États-Unis)
par Guillaume Fournier

POCKET JEUNESSE
PKJ·

Titre original :
Secret Admirer

Directeur de collection : Xavier d'Almeida

Loi n° 49-956 du 16 juillet 1949 sur les publications destinées à la jeunesse : octobre 2021
Publié pour la première fois en 1996 par Parachute Press, Inc
Nouvelle édition 2020 par Simon Pulse, Simon and Schuster, New York

ISBN : 978-2-266-32109-9
Dépôt légal : octobre 2021

PROLOGUE

Chère Selena,

Ton nom signifie « lune ». Comme elle, tu es pâle, belle et mystérieuse. Tes cheveux blonds ont la même nuance argentée que ses rayons.
Tout le monde t'admire. Tout le monde t'applaudit.
Je fais partie de ton public, moi aussi, Selena.
Je te vois tous les jours, même si tu ne me vois pas.
Mais cela changera. Viendra le moment où tu n'auras que moi pour public.
Il n'y aura que toi et moi, Selena.
Un jour.
Très bientôt.

À toi pour toujours,

Le Soleil.

1

— Il ne te touchera plus jamais. Je te le promets. Tu n'as plus rien à craindre de lui, murmura Selena Goodrich.

C'était sa dernière réplique.

Le public applaudit à tout rompre. Le rideau tomba, lentement. Avant de se lever de nouveau.

Selena s'avança au bord de la scène avec un grand sourire pour recueillir les acclamations et les applaudissements.

Elle s'inclina bien bas, ses boucles blondes tombant en cascade sur ses épaules. Puis elle se redressa et se tourna vers les autres comédiens. Elle prit par la main Alison Pearson ainsi que Jake Jacoby, et tous les acteurs présents dans la pièce s'inclinèrent comme un seul homme. Le public se mit debout en les ovationnant bruyamment.

« Ils sont venus pour moi, pensa Selena avec émerveillement. Je suis faite pour la scène. Ça y est, j'ai enfin trouvé ma place. »

Le rideau descendit pour la dernière fois. Selena regarda ses amis.

– Vous avez été super, tous les deux, leur dit-elle.

– Merci, Selena, répondit Alison. (Elle était jolie, avec des yeux vert émeraude et de longs cheveux bruns. Elle sourit à Selena.) Mais je ne serai jamais aussi talentueuse que toi. Tu as été incroyable !

– C'est vrai, petite lune, tu étais pas mal, renchérit Jake en donnant une légère bourrade à Selena.

Parmi tous ses amis, il était le seul à continuer de l'appeler comme ça. Il aimait bien la taquiner et savait qu'elle n'appréciait pas beaucoup ce surnom qui lui venait de son enfance. La plupart des autres ne savaient même pas que *Selena* voulait dire « lune ».

– Tu n'étais pas trop mal, toi non plus. Au moins, tu ne t'es pas pris les pieds dans le rideau, ce soir, répliqua Selena en riant. Tu viens faire la fête avec le reste de la troupe ?

Jake soupira.

– Je ne sais pas. Je ne suis pas vraiment d'humeur.

Même sous son maquillage, Selena pouvait voir les gros cernes qu'il avait sous les yeux. Elle était sur le point de lui demander si quelque chose n'allait pas quand le metteur en scène les rejoignit.

– Félicitations, Selena ! s'exclama-t-il. La représentation était excellente. J'adore ce truc que tu as fait avec ton mouchoir, au dernier acte. Je ne m'y attendais pas du tout !

– Merci, monsieur Riordan, répondit Selena avec un sourire.

Le séduisant professeur aux cheveux gris monta sur un marchepied et réclama l'attention générale.

– Vous êtes tous invités chez moi pour célébrer ça ! cria-t-il pour couvrir le brouhaha des conversations. Mais avant, je tiens à vous rappeler que la semaine prochaine nous débuterons les auditions pour notre pièce du printemps. Vous serez heureux d'apprendre que, cette fois, nous nous attaquerons à un classique : *Roméo et Juliette.*

Cette nouvelle fut accueillie par un mélange d'approbation et de grognements.

« *Roméo et Juliette* ! songea Selena avec excitation. Je vais donc jouer du Shakespeare sur scène ! »

Elle partit en direction de son casier, fendant la foule joyeuse et animée des autres comédiens.

– Hé, Selena ! lui lança Danny Morris. Bravo, tu as été super !

– Merci, rétorqua sèchement Selena.

Elle passa devant lui sans s'arrêter. Son camarade – blond, costaud, le teint hâlé – ne put masquer sa déception.

« Je devrais peut-être me montrer plus gentille avec lui, se dit-elle avec une pointe de culpabilité. On a quand même compté l'un pour l'autre, après tout... autrefois. »

Ces jours-ci, elle ne parvenait plus à comprendre ce que toutes les filles du lycée de Shadyside trouvaient de si fascinant chez Danny.

Elle avait même du mal à croire qu'ils étaient sortis ensemble aussi longtemps. Comment avait-elle pu supporter ce frimeur égoïste pendant six mois ?

– Tu comptes passer l'audition pour la prochaine pièce ? lui demanda Danny en lui barrant la route.

– Bien sûr. (Selena soupira. Elle essaya de le contourner mais il refusa de s'écarter.) Écoute, Danny, je suis un peu pressée, là...

– Tu auras le rôle de Juliette, à tous les coups, continua Danny sans se démonter. Devine pour quel rôle je vais me présenter.

– Le rat des cuisines ?

– Selena !

Elle se retourna en reconnaissant la voix de sa meilleure amie, Katy Jensen. Katy les rejoignit dans sa combinaison noire de machiniste.

– À plus, lança Selena à Danny.

– Tu as été fantastique ! s'extasia Katy. Encore meilleure qu'hier.

Elle serra brièvement son amie dans ses bras.

– Je crois que tout le monde a été parfait, ce soir, reconnut Selena. On a vraiment trouvé le ton juste. Et vous avez fait du super boulot en coulisses.

Katy s'essuya le front du revers de la main. Ses courts cheveux noirs étaient tout ébouriffés. Son visage pâle et rond luisait de sueur dans l'éclairage médiocre de l'arrière-scène.

– J'ai eu un souci avec les lumières, avoua-t-elle. Tu n'as rien remarqué ?

– Rien du tout, la rassura Selena.

– L'un des projecteurs commençait à pencher, expliqua Katy. Je me suis précipitée là-haut dès que je m'en suis rendu compte.

Elle indiqua la passerelle qui courait loin au-dessus d'elles.

Selena suivit son regard et frissonna. « Où trouve-t-elle le courage de monter aussi haut ? »

La seule vue de l'échelle métallique fixée le long du mur lui donnait le vertige.

Mais Katy n'avait jamais eu peur des hauteurs. Quand elles étaient gamines, c'était déjà elle qui grimpait aux arbres tandis que Selena restait prudemment au sol.

« J'imagine que c'est pour ça qu'elle aime faire partie de l'équipe technique », se dit encore Selena. Elle poussa la porte de la grande salle des casiers.

Toutes les comédiennes de la pièce s'y pressaient déjà. Lors des représentations, cette salle faisait office de vestiaire pour les filles.

– Je ne sais pas pourquoi on s'embête avec des casiers, déclara Katy. Ils ne ferment même pas à clé.

Selena haussa les épaules.

– Alors, tu te sens prête pour ton futur rôle ? continua Katy.

– Comment ça ? s'étonna Selena en échangeant un sourire avec Alison, qui essayait elle aussi de se frayer un chemin parmi leurs nombreuses camarades.

– Allez... fit Katy en riant. Tu sais très bien que c'est toi qui joueras Juliette.

– On n'arrête pas de me dire ça, reconnut Selena. Mais il n'y a aucune garantie que j'obtienne le rôle.

Katy ricana.

– Ouais, comme il n'y a aucune garantie que le soleil se lève demain. N'empêche que tout le monde sait que tu serais parfaite en Juliette. Surtout que c'est la dernière pièce de l'année. Personne ne viendra si ce n'est pas toi la vedette.

– N'importe quoi ! dit Selena en secouant la tête. (Pourquoi fallait-il que Katy exagère toujours ?) De toute façon, c'est M. Riordan qui décide.

– On parle de moi ? intervint le professeur en s'approchant.

– On discutait de la distribution pour la pièce du printemps, expliqua Selena.

– Ça risque d'être particulièrement important, leur confia-t-il, avec un air sérieux.

– Pourquoi ? demanda Katy.

– Eh bien, ne le dites à personne, mais... je viens d'apprendre que le professeur d'art dramatique de l'université Northwestern sera présent, chuchota M. Riordan.

– Vous rigolez ? s'exclama Selena.

Northwestern offrait l'un des meilleurs cursus d'art dramatique de tout le pays.

– Je suis très sérieux, insista-t-il. Tous les ans, il se rend dans plusieurs lycées de la région à la recherche de nouveaux talents. Cette année, il a choisi le nôtre.

– Oh ! s'écria Selena. J'ai postulé pour Northwestern. Malheureusement, je n'aurai jamais les moyens d'y aller à moins d'avoir une bourse.

– Alors, c'est ta chance, lui dit M. Riordan en lui adressant un clin d'œil. (Il partit en direction des coulisses.) On se voit tout à l'heure à la fête, les filles !

– Tu ne m'avais pas dit que tu voulais aller à l'université, observa Katy.

– Enfin, évidemment que ça me plairait, répliqua Selena. Mais ce n'est pas réaliste. Ma mère ne gagne même pas assez pour me payer une formation préuniversitaire.

– Si ce prof d'art dramatique te voit dans le rôle de Juliette, je suis sûre qu'il t'obtiendra une bourse.

– Ce serait génial, convint Selena. Mais je préfère ne pas tirer des plans sur la comète.

La plupart des autres élèves étaient parties. Selena ouvrit la porte de son casier. Son sac était suspendu au crochet.

À sa grande surprise, elle découvrit autre chose contre le sac : un gros bouquet entièrement enveloppé dans du papier bleu.

– Qu'est-ce qu'il y a ? demanda Katy en se penchant pour regarder par-dessus son épaule.

– Cool ! s'exclama Selena. Quelqu'un m'a déposé des fleurs ! Je me demande bien qui...

– Ouvre !

Selena souleva le bouquet.

Elle déchira le papier, jeta un coup d'œil à l'intérieur.

Et poussa un cri.

2

Sous le choc, Selena laissa tomber le bouquet. Les deux filles regardèrent les roses fanées et noircies s'écraser au sol.

– Quelle horreur ! s'écria Katy, les deux mains plaquées sur les joues.

– Oui. Des fleurs mortes, grogna Selena. C'est répugnant.

Puis elle remarqua une enveloppe blanche glissée sous l'élastique du bouquet. Elle se pencha pour l'attraper. D'une main tremblante, elle en sortit un petit mot tapé à la machine, qui disait :

Chère Selena,

Félicitations !
Savoure ta dernière représentation.
Sais-tu que tu es sur le point d'abandonner la scène... pour être avec moi ?
Pour toujours.

Selena demeura pétrifiée devant le sinistre bouquet. Sa déception céda bientôt la place à la colère.

– Il faut vraiment être malade pour faire un truc pareil ! rugit-elle.

Katy se boucha le nez pour ne pas sentir l'odeur de pourriture.

– De qui ça peut venir, à ton avis ?

Selena inspecta de nouveau le petit mot. En guise de signature, il ne comportait qu'un autocollant orange vif en forme de soleil. Elle le décolla avec la pointe de son ongle.

– Qu'est-ce que ça veut dire ? demanda Katy.

Selena minimisa :

– C'est juste un sticker. Comme les gamins aiment en faire la collection.

– Mais pourquoi l'avoir mis là ? insista Katy.

– Comment veux-tu que je le sache ? riposta Selena. Et puis, on s'en fiche. (Retenant sa respiration, elle ramassa le bouquet et le jeta dans la corbeille au coin de la pièce.) C'est juste une blague de mauvais goût.

– Une *blague* ? protesta Katy. Quel genre de taré pourrait trouver ça marrant ?

– Quelqu'un avec un sens de l'humour un peu tordu, répondit Selena. Quelqu'un comme... Jake !

– Hein ? Jake ?

– Il a toujours adoré se moquer de moi.

– Peut-être, concéda Katy. Mais ça, ce n'est pas son style. Et puis, je ne pense pas qu'il soit d'humeur à faire des blagues, en ce moment.

– Ah bon, et pourquoi ?

– Tu n'as rien remarqué ? s'étonna Katy. Il est bizarre, ces derniers temps. Ce soir, il s'est carrément énervé quand je lui ai demandé de me passer un trépied.

– C'est vrai qu'il a l'air à cran, reconnut Selena. Je me demande ce qu'il a.

Elle y réfléchit en suivant son amie sur le parking. La voiture de Katy était garée sous un grand chêne.

– Je continue à croire que c'est lui qui m'a envoyé ces fleurs, déclara Selena alors qu'elles approchaient de la voiture. Je lui poserai la question plus tard.

Elle frissonna en attendant que Katy déverrouille les portes. La nuit était froide, sans étoiles, et les branches dénudées se balançaient dans le vent au-dessus d'elles.

– J'*espère* que c'était lui, dit Katy en sortant ses clés de sa poche. Mais ce petit mot... j'ai l'impression qu'il a été écrit par quelqu'un de vraiment dérangé.

Quand Katy sortit du parking, Selena ne pensait déjà plus qu'à la pièce du printemps. Elle réfléchissait aux scènes qu'elle pourrait préparer pour passer l'audition...

– Ohé ? La Terre appelle Selena, lui lança Katy pour l'arracher à ses réflexions. Tu es toujours avec nous ?

– Quoi ? fit Selena en battant des cils.

Katy éclata de rire.

– Tu es sur une autre planète, ou quoi ? Si tu veux te changer pour la soirée, il va falloir sortir de la voiture, tu sais.

– Désolée, murmura Selena, étonnée de voir qu'elles étaient déjà arrivées devant sa maison dans Fear Street. Je pensais à *Roméo et Juliette*.

Katy secoua la tête avec un sourire bienveillant.

– On vient à peine de boucler une pièce ! Tu ne penses jamais à autre chose ?

– Eh bien, de temps en temps, je pense aux garçons, rétorqua Selena en riant. (Elle entraîna son amie jusqu'à la maison, ouvrit la porte d'entrée et alluma la lumière.) C'est dommage que ma mère travaille tous les soirs, ce mois-ci. J'aurais bien aimé qu'elle puisse me voir jouer.

– Elle te verra jouer la dernière pièce, dit Katy.

– Si j'obtiens le rôle, lui rappela Selena.

Elle redressa le miroir dans le couloir puis s'engagea dans l'escalier aux marches grinçantes.

« Tout se détraque, dans cette baraque », songea tristement Selena. Elle n'aimait pas cette maison. Mais elle savait que sa mère n'avait pas les moyens de leur en offrir une autre. Elles ne roulaient pas sur l'or, depuis la mort du père de Selena.

– Je ne vois pas qui d'autre pourrait jouer Juliette, insista Katy en suivant Selena dans sa chambre. Alison est bonne, mais pas autant que toi. Elle le dit elle-même, d'ailleurs.

– C'est juste pour être gentille, tempéra Selena.

Elle posa son sac sur le couvre-lit rose et blanc.

– Je t'aiderai à répéter pour l'audition, si tu veux, proposa Katy.

– Hmm-hmm... répondit machinalement Selena. (Mais elle savait déjà qu'elle ne voudrait pas d'aide ; elle préférait apprendre son texte toute seule.) Hé, pourquoi n'essaierais-tu pas de décrocher un rôle, toi aussi ? Rien ne t'oblige à être machiniste chaque fois.

Katy renifla avec mépris.

– Que voudrais-tu que je joue ? Je... Je suis trop grosse pour qu'on me donne un rôle intéressant.

Katy avait dix bons kilos en trop, et en était douloureusement consciente.

– Arrête de te rabaisser comme ça, lui reprocha gentiment Selena. Il y a des tas de rôles à pourvoir. Tu pourrais jouer, je ne sais pas, la suivante de Juliette ?

Katy ne réagit pas.

Selena trempa un disque de coton dans un pot de démaquillant et entreprit de se débarbouiller.

– Selena ? demanda Katy au bout d'un moment. Quand on était petites, est-ce que tu savais déjà que tu deviendrais aussi populaire en grandissant ?

– Bien sûr que non, répondit Selena. Je pensais rester grosse et impopulaire toute ma vie.

– Comme moi, murmura Katy.

Selena ignora cette remarque.

– Mais quand j'ai découvert le théâtre, j'ai complètement cessé de me préoccuper de ma popularité. Je voulais juste devenir une bonne actrice.

– C'est arrivé tellement vite, se souvint Katy. C'est vrai, il a suffi que tu t'inscrives à un cours, et hop ! Tu as perdu du poids, tu as commencé à sortir avec Danny... et tu as décroché le premier rôle dans ta première pièce.

– Un coup de chance, lui rappela Selena. La fille qui devait jouer le rôle a dû quitter le lycée.

– Je sais. Mais avoue que tout le monde dit que tu es la meilleure comédienne de Shadyside. Je suis sûre que tu pourrais faire carrière.

Katy se laissa tomber en arrière sur le lit de son amie. Elle soupira.

– J'espère que tu ne deviendras jamais célèbre au point d'oublier les copines.

– Jamais ! s'insurgea Selena. Quand je remporterai mon premier Oscar, je monterai sur scène et je dirai : « Je tiens à remercier ma meilleure amie, Katy Jensen, qui était toujours partante pour régler les éclairages et sans qui rien n'aurait été possible. »

Elles s'esclaffèrent toutes les deux.

Selena termina de s'essuyer le visage, puis ouvrit son armoire. Elle en sortit un jean et un chandail vert.

– Tu as un nouveau jean ? observa Katy. C'est quelle taille, du douze ans ?

– Arrête, protesta Selena en riant. Je ne suis pas si maigre que ça !

– Comparé à avant, si, rétorqua Katy. En tout cas, comparé à moi.

– Tu pourrais maigrir, toi aussi, suggéra Selena. Je ne suis pas la reine du fitness.

– Tu parles !

– Sérieusement, insista Selena. J'ai perdu du poids parce que je voulais faire du théâtre. Et je savais que je ne décrocherais jamais le premier rôle si je continuais à manger autant.

– C'est la différence entre toi et moi, dit Katy. Je ne me suis jamais passionnée autant que toi pour le théâtre.

Selena regarda son amie avec exaspération.

– Eh bien, trouve autre chose qui te passionne ! (Elle ramena ses cheveux en arrière et les attacha avec un ruban vert.) Je suis comment ?

– Super, la complimenta Katy. (Elle jeta un coup d'œil à sa montre.) On ferait mieux d'y aller.

– Il ne faut pas arriver trop tôt, dit Selena. Je...

Elle s'interrompit en entendant un petit bruit à la fenêtre de sa chambre.

Une sorte de grattement léger. Puis plus fort.

Un choc sourd.

Elle pivota brusquement, les yeux écarquillés par la terreur.

– Katy... bafouilla-t-elle. Il y a quelqu'un dehors ! Quelqu'un qui nous *espionne* !

3

Selena eut le temps d'apercevoir une expression de frayeur sur le visage de Katy quand elles se tournèrent toutes les deux vers la fenêtre.

Puis on entendit un grand fracas métallique.

– Tu as raison ! s'écria Katy. Il y a bien quelqu'un !

Ignorant son cœur qui battait à tout rompre, Selena se précipita à la fenêtre. Elle scruta longuement l'obscurité.

– Alors ? Tu vois quelque chose ? chuchota Katy.

– Il n'y a personne, déclara Selena en fixant le petit coin de pelouse à l'angle de la maison. Je... Je crois que je me suis emballée. On est quand même au premier étage. Je ne vois pas comment quelqu'un...

– Mais c'était quoi, ce bruit ? insista Katy, les bras croisés sur la poitrine.

Elle n'avait pas bougé du centre de la chambre.

– Peut-être le vent qui a renversé un truc ?

Selena frissonna. L'idée d'un voyeur qui l'aurait observée à travers la vitre pendant qu'elle se changeait lui faisait froid dans le dos. Mais c'était impossible.

– On ne peut pas nous voir d'en bas, assura-t-elle à Katy. On est trop haut.

– Si tu le dis, murmura cette dernière, sans quitter la fenêtre des yeux.

– Bon ! On y va, à cette soirée ?

Selena attrapa son sac et descendit l'escalier d'un pas rapide, Katy sur ses talons.

Quand elle sortit sur le perron, le vent avait forci. Il lui rabattit ses mèches blondes sur le visage tandis qu'elle fermait la porte à clé.

– C'était bien le vent, s'exclama Katy. Regarde !

Selena se tourna dans la direction indiquée par son amie. Une longue échelle était couchée dans l'herbe le long de la maison, sous la fenêtre de la chambre de Selena.

– Sûrement une rafale qui l'a fait tomber, analysa Katy.

– Mais d'où elle sort, cette échelle ? rétorqua Selena.

– Juste sous ta fenêtre...

Selena contempla l'échelle avec incrédulité. Se pouvait-il qu'un voyeur l'ait bel et bien espionnée alors qu'elle se changeait ? Elle leva les yeux vers sa chambre, effrayée.

– C'est flippant, chuchota Katy. D'abord, on t'envoie des roses fanées, avec ce mot sinistre. Et maintenant, ça... Tu crois que c'est l'œuvre d'un harceleur ? Une espèce de tordu qui te suit partout ?

– Ne dis pas n'importe quoi, Katy, lui reprocha sèchement Selena.

Elle fixa de nouveau l'échelle couchée sur la pelouse. Il y avait beaucoup de vent, et personne dans la rue. Pas une voiture non plus. Si on l'avait espionnée par la fenêtre, l'importun serait tombé avec l'échelle. Et si une voiture était partie en trombe, elles l'auraient entendue.

– Il y a forcément une explication, trancha-t-elle. Peut-être que ma mère a sorti cette échelle pour réparer un truc et qu'elle a oublié de la ranger.

– Peut-être, admit Katy. Mais ça m'étonnerait.

– Aide-moi à la porter dans le garage, ordonna Selena.

Elle se pencha pour attraper l'échelle par une extrémité. Katy empoigna l'autre bout avant de s'immobiliser.

– Oh, non ! s'écria-t-elle.

– Quoi ?

Katy pointa le doigt.

– Regarde le dernier barreau !

Selena plissa les paupières. Et repéra un petit rond orange collé sur le métal.

Un sticker en forme de soleil.

4

– Je continue de penser que c'est une blague, insista Selena tandis qu'elles roulaient en direction de North Hills.

Katy renifla avec dédain.

– Tu parles d'une blague. Des fleurs fanées ? Et grimper au sommet d'une échelle pour t'espionner ?

– On n'est pas sûres qu'il y avait vraiment quelqu'un sur cette échelle, lui rappela Selena.

– Et que fais-tu des stickers en forme de soleil ? Ce n'est pas un indice, ça ?

Selena ne répondit pas. Tournée vers la vitre, elle regardait défiler les grands arbres noirs le long d'Old Mill Road.

Elle était impatiente d'arriver chez M. Riordan. En faisant la fête, elle pourrait oublier les stickers, les fleurs fanées, l'échelle et les stickers soleil.

Mais Katy ne voulait pas en démordre. Elle semblait réellement effrayée.

– C'est peut-être un cinglé qui t'a vue dans la pièce et qui te harcèle.

Selena continua à regarder par la vitre sans réagir.

– J'ai lu un article à propos de ces admirateurs qui sont obsédés par des stars de cinéma ou des chanteurs, enchaîna Katy en tournant dans Park Drive. Ils les suivent partout, épient chacun de leurs faits et gestes...

Selena s'esclaffa.

– Je ne suis pas une star, Katy !

– À Shadyside, si, fit valoir son amie. Tu es la meilleure comédienne du lycée.

Selena haussa les épaules.

– Arrête, c'est ridicule. Qui voudrait perdre son temps à harceler une lycéenne ?

– Ça peut très bien être un élève, répondit Katy. Un garçon qui t'aime, ou qui te déteste, ou... je ne sais pas.

Selena fit la moue.

– Les harceleurs ne sont pas normaux, insista Katy. Ils peuvent devenir dangereux. Parfois, ils vont jusqu'à tuer la personne qui les obsède.

– Ce type me laisse des autocollants, c'est tout ! s'exclama Selena. En plus, si c'est quelqu'un du lycée, ça veut dire que je le connais. C'est probablement quelqu'un qui... Je sais !

– C'est qui ?

– Danny Morris, souffla Selena.

– Danny ? protesta Katy en riant. Pourquoi te harcèlerait-il ?

– Il ne me *harcèle* pas, lâcha Selena en soupirant. Il voudrait juste qu'on se remette ensemble.

– N'importe quoi ! s'exclama Katy. Vous avez rompu il y a plus d'un an.

– Je sais... N'empêche qu'il m'en reparle sans arrêt. Comme s'il n'arrivait pas à se faire à l'idée que je ne veuille plus de lui. J'aimerais bien qu'il me laisse tranquille.

– Oh, je t'en débarrasserais volontiers, si seulement il y avait moyen qu'il s'intéresse à moi ! plaisanta Katy.

Selena fronça les sourcils.

– Tu continues à te rabaisser.

– Tu vois parfaitement ce que je veux dire, rétorqua son amie. Il ne voudrait jamais d'une fille comme moi. Il préfère les maigrichonnes sexy. Comme toi.

Selena haussa une fois de plus les épaules puis consulta sa montre.

– La fête devrait battre son plein, le temps qu'on arrive.

– Oui, répondit machinalement Katy. Il paraît que...

Mais elle ne termina pas sa phrase.

– Il paraît que quoi ?

Katy ne répondit pas. Selena la vit jeter un coup d'œil dans le rétroviseur. Sans crier gare, la jeune fille donna un brusque coup de volant à droite.

– Katy ? s'écria Selena par-dessus le crissement des pneus. Qu'est-ce qui te prend ? Pour aller chez M. Riordan, c'est dans l'autre direction !

– Oui ! Mais il y a une voiture qui nous suit !

– Hein ?

Selena pivota sur son siège et fut éblouie par les phares d'une voiture derrière elles.

Katy prit un nouveau virage serré. La lueur des phares s'estompa brièvement, avant d'inonder de nouveau la plage arrière.

– Il... Il est juste derrière nous ! s'exclama Katy. C'est sûrement ton harceleur, Selena ! Il veut nous envoyer dans le décor !

5

Selena se cramponna au tableau de bord quand Katy tourna le volant à fond dans l'autre sens.

Les pneus crissèrent de nouveau. La voiture dérapa dans le virage avant de revenir au milieu de la route.

– Katy, fais attention !

– Il est toujours derrière nous ! répondit Katy d'une voix tremblante. Il est pratiquement collé à mon pare-chocs ! Qu'est-ce qu'on va faire ?

– Calme-toi, lui recommanda Selena. C'est juste un idiot qui s'amuse à nous faire peur. Arrête de parler de harceleurs. Retourne vers North Hills, et tu verras qu'il nous fichera la paix quand on s'arrêtera à la fête.

– Tu es dingue ? protesta Katy, les deux mains crispées sur le volant. S'il nous suit jusque chez M. Riordan...

– Il nous fichera la paix, répéta Selena. Il n'osera jamais nous suivre dans la maison. On sera en sécurité, là-bas.

– Mais...

– Tu as une meilleure idée ?

– Non, admit Katy. Tu as raison.

Elle tourna à gauche au feu suivant et fonça en direction de North Hills. Chaque fois qu'elle changeait de file, la voiture qui les suivait faisait de même. Et pareil lorsqu'elle accélérait ou ralentissait.

– Dès qu'on arrive, j'appelle la police, déclara Katy.

Elles s'engagèrent enfin dans la grande allée circulaire devant la maison de M. Riordan. L'autre véhicule s'arrêta juste derrière elles.

– Et maintenant ? fit Katy. (Elle serra le frein à main et se tourna vers la lunette arrière.) Pas question que je descende tant qu'il est là !

– Je... Là, j'avoue que je ne sais pas quoi faire, bredouilla Selena. On devrait peut-être klaxonner...

Katy regarda dans le rétroviseur. Son amie vit une lueur de frayeur dans ses yeux.

– Oh, non ! s'exclama Katy. Le voilà qui sort de sa voiture. Il vient vers nous ! On est coincées !

6

– Danny ! souffla Katy.

– Oh, c'est pas vrai ! grogna Selena.

Elle ouvrit sa portière en grand, bondit hors de la voiture et vint se planter devant le garçon.

– Qu'est-ce qui t'a pris de nous coller comme ça ? s'écria-t-elle. Tu cherchais à nous flanquer la trouille, ou quoi ?

– Holà ! se défendit Danny avec un sourire. (Ses yeux pétillaient dans la lumière des phares.) C'était pour rire. Je voulais vous offrir un petit frisson.

– Pour rire ? glapit Katy d'une voix stridente. Tu as failli nous envoyer dans le fossé !

– Désolé. (Le sourire du jeune homme s'élargit.) J'aime bien être tout près de Selena...

Celle-ci soupira. « Un vrai gamin, pensa-t-elle. Mignon, mais complètement immature. »

– Selena, murmura Danny en s'approchant si près qu'elle put sentir son haleine parfumée à la menthe. Il faut que je te dise un truc.

Selena s'écarta de lui, furieuse.

– Tu me le diras plus tard ! répliqua-t-elle sèchement.

Puis, ignorant son expression vexée, elle suivit Katy vers la porte.

À leur entrée, les deux filles furent accueillies par une musique tonitruante, des éclats de rire et un brouhaha de conversations. Une guirlande de ballons rouges et blancs flottait au plafond de la salle à manger de M. Riordan.

– Hé, regardez qui voilà ! s'exclama leur hôte en venant à leur rencontre. C'est notre premier rôle féminin !

– Merci, merci, dit Selena avec une révérence.

– Il y a de la pizza et des boissons près de la cheminée, leur dit le professeur. Allez vous servir et revenez par ici. J'ai une annonce à faire.

– De la pizza, miam, miam ! Je meurs de faim, déclara Selena.

– Moi aussi, renchérit Katy. Mais bon, j'ai tout le temps faim.

Pendant qu'elles se frayaient un chemin jusqu'à la table des rafraîchissements, Selena s'aperçut que presque tous les membres du club de théâtre étaient déjà là. Elle vit Jake dans un coin, en pleine discussion avec Alison.

« Il faudra que je lui parle des fleurs et du petit mot », se souvint-elle.

– Dis donc, c'est qui, le beau gosse ? lui demanda Katy.

Selena, qui se servait une ginger ale, suivit son regard vers l'avant de la salle. Un jeune homme élancé se tenait à côté de M. Riordan. Elle nota ses longs cheveux châtains, ses yeux sombres et perçants, et sa bouche bien dessinée.

– Je ne sais pas, je ne le connais pas, répondit-elle.

Il avait l'air plus âgé que la plupart des autres garçons présents à la fête. À sa surprise, il se tourna vers elle et la regarda droit dans les yeux, comme s'il la connaissait.

– Votre attention, tout le monde ! cria le maître des lieux. Approchez-vous, s'il vous plaît.

Selena prit son assiette de pizza et de chips et alla s'installer dans un fauteuil près de l'entrée.

– Je vous présente Eddy Martin, annonça le professeur en indiquant le jeune homme. Il est en deuxième année d'art dramatique à Waynesbridge. Dans le cadre de ses études, il va suivre un stage chez nous jusqu'à la fin du semestre. Il assistera à mes cours et nous aidera à monter notre pièce du printemps.

– Bizarre, chuchota Katy en s'asseyant à côté de son amie. On n'a jamais eu de stagiaire.

Selena l'entendait à peine. Elle n'avait d'yeux que pour le nouveau. Il regardait autour de lui en hochant la tête et souriait à tout le monde. Mais elle ne parvenait pas à oublier la façon dont il l'avait fixée.

– Il y a quelque chose de curieux, chez ce garçon, murmura-t-elle. J'ai l'impression de l'avoir déjà vu.

– Moi, si je l'avais déjà vu quelque part, je m'en souviendrais ! lança Katy en riant. Je me demande s'il donnera un coup de main aux machinistes.

Selena se tourna vers elle avec un sourire.

– Pourquoi tu ne vas pas le lui demander ?

Katy sourit à son tour. Elle s'extirpa de son fauteuil pour s'approcher d'Eddy et de M. Riordan. Selena les regarda discuter tous les trois un moment, après quoi Katy retourna à la table des rafraîchissements.

Selena envisagea de l'y suivre quand Eddy vint brusquement s'asseoir dans le fauteuil abandonné par Katy.

– Salut, dit-il à Selena en dévoilant ses dents étincelantes. Ça faisait un moment que j'avais envie de te rencontrer. Je m'appelle Eddy.

– Bienvenue à Shadyside, répondit-elle. Moi, c'est Selena.

– Je sais, tout le monde te connaît. Je t'ai vue dans chaque production de M. Riordan, cette année. Tu as beaucoup de talent.

– M-merci, bredouilla Selena, gênée.

– On doit te faire les mêmes compliments sans arrêt, continua Eddy, mais tu es vraiment douée. Je t'ai trouvée super quand tu as remplacé Simone Perry il y a deux ans. C'était la première fois que tu tenais le rôle principal, pas vrai ?

– Euh, oui. Mais comment le sais-tu ?

– J'ai vu la pièce.

– Tu rigoles !

Selena était stupéfaite. Eddy l'avait vue jouer deux ans plus tôt ! Et il se souvenait de sa performance. Elle le dévisagea attentivement. Il lui était bel et bien familier...

– J'ai vu beaucoup de tes pièces, poursuivit Eddy. Je trouve génial que tu réussisses à jouer autant sans négliger ta moyenne générale. Il n'y a pas beaucoup d'élèves qui y arrivent.

– C'est-à-dire que j'ai intérêt à avoir de bonnes notes si je veux aller à l'université, répondit Selena.

Elle était perplexe. Comment ce garçon pouvait-il connaître ses résultats scolaires ?

– Tu sais beaucoup de choses sur moi, observa-t-elle d'un ton léger.

Eddy plongea son regard dans le sien.

– Je m'intéresse à tous les membres du club de théâtre, expliqua-t-il. C'est normal, avant un stage.

Pendant un moment, Selena demeura muette. L'attention que lui portait Eddy lui laissait une impression très étrange. Il ne l'avait pas quittée des yeux un seul instant depuis qu'il était venu s'asseoir à côté d'elle. Elle scruta son expression mais n'y lut rien d'autre que de l'amitié.

– Il commence quand, ton stage ? finit-elle par demander.

– Je serai là pour les auditions de *Roméo et Juliette*, répondit-il. (Il se pencha tout près de Selena.) J'ai hâte de te voir en Juliette.

Selena ne trouva rien à dire. Eddy continuait de la fixer intensément.

– Eddy, appela M. Riordan, tu veux bien venir une minute ? Il y a quelqu'un que j'aimerais te présenter.

– Je te retrouve plus tard, promit le jeune homme en adressant un dernier sourire chaleureux à Selena.

– Alors, on fait ami-ami avec le nouveau stagiaire ? railla Katy en se laissant tomber dans le fauteuil qu'Eddy venait de libérer.

– Plus ou moins, admit Selena, un peu abasourdie. C'est un drôle de type.

– Et mignon, avec ça.

– Ah bon, tu trouves ? Je n'avais pas remarqué, plaisanta Selena. (Son regard tomba sur Jake, assis tout seul dans un coin. Elle se leva brusquement.) Je reviens.

Elle traversa la salle à manger et s'assit sur le canapé à côté du garçon.

– Salut, mon pote ! dit-elle en rebondissant sur le coussin.

– Salut, petite lune, répondit-il d'un ton maussade.

– Ça va ? s'inquiéta Selena. On dirait que tu n'as pas le moral.

– Et alors ? rétorqua-t-il. Est-ce qu'il y a une loi qui oblige tout le monde à être joyeux en permanence ?

– Non, bien sûr que non, dit Selena en s'écartant légèrement.

Pourquoi Jake était-il aussi grognon, tout à coup ?

– Au fait, dit-elle lentement. C'est toi qui m'as laissé un petit cadeau au lycée ?

– Hein ? Quel cadeau ?

– Un joli bouquet de fleurs pourries dans mon casier.

– Ça va pas ? s'exclama Jake. De quoi tu parles ?

– Calme-toi ! Je demandais, c'est tout, expliqua Selena. Quelqu'un m'a laissé des fleurs et je me disais que c'était peut-être toi. Vu que tu adores faire des blagues.

– Je ne suis pas trop d'humeur, ces temps-ci, grommela Jake. Et puis, des fleurs pourries, je ne vois pas ce qu'il y a de drôle là-dedans.

Selena hocha la tête.

– Il y avait aussi un petit mot. À propos de ma performance de ce soir.

Jake en resta bouche bée.

– Tu appelles ça une blague ? s'écria-t-il. C'est carrément tordu, oui !

– Oh, ce n'est pas bien méchant, dit Selena. Mais après, Katy et moi avons entendu quelqu'un grimper sur une échelle sous la fenêtre de ma chambre. On pense qu'il nous a observées.

Jake desserra son col.

– Tu devrais peut-être en parler à M. Riordan. Ou appeler la police. Leur montrer le mot.

Selena réfléchit à cette suggestion.

– Je vais peut-être en parler à M. Riordan, oui.

Elle se leva, traversa la pièce et se dirigea vers son professeur, qui – pour une fois – était seul.

– Tout va bien, Selena ? dit-il en la voyant approcher. Tu sembles soucieuse.

– Eh bien, il y a une chose dont j'aimerais vous parler, expliqua-t-elle. Ce n'est sans doute rien, mais...

Avant qu'elle puisse continuer, on entendit un grand fracas à la porte d'entrée, si fort qu'il couvrit la musique et le bruit des conversations.

– Que... ? dit-elle en se retournant, comme tout le monde.

La porte s'ouvrit lentement.

Puis une silhouette familière s'avança en chancelant dans la salle à manger.

Selena lâcha une exclamation de stupeur.

C'était Danny Morris.

Son beau visage était barbouillé de sang.

– Aidez-moi ! gémit-il. Selena !

Il fit encore quelques pas vacillants. Il tendit ses mains poissées de sang vers Selena.

Puis, dans un geignement de souffrance, il s'écroula devant elle.

7

Selena poussa un cri. Elle contempla la silhouette inanimée de Danny. Il gisait à ses pieds dans une flaque de sang.

Le souffle coupé, prise de vertige, elle demeura paralysée, incapable de faire quoi que ce soit. Incapable de l'aider.

Danny remua et redressa faiblement la tête. Il gémit.

– Je préfère encore mourir que vivre sans toi, Selena.

Celle-ci n'en revenait pas. Elle tremblait de tout son corps.

Était-il sérieux ? Avait-il attenté à ses jours à cause d'elle ?

– Danny, non ! s'écria-t-elle.

Il s'assit brusquement. Sortit un mouchoir de sa poche. Et entreprit de nettoyer le sang qui lui couvrait le visage. Avant de lui adresser un grand sourire.

– Alors, c'est qui le meilleur comédien du lycée ?

– T-tu... Espèce de *crétin* ! hurla Selena.

Danny rejeta la tête en arrière et s'esclaffa.

– Enfin, Selena ! Tu ne croyais quand même pas que j'allais me tuer pour toi, si ?

Elle le toisa d'un air furibond. Elle savait que tout le monde avait les yeux rivés sur eux. Et ils étaient tous en train de se moquer d'elle.

Danny secoua la tête.

– Waouh, Selena ! Tu as vraiment un ego surdimensionné !

Les joues en feu, la jeune fille se détourna de lui. Elle entendit des rires. On murmurait dans son dos.

Elle inspira profondément pour se calmer.

– Drôlement mature, Danny, cracha-t-elle d'une voix glaciale. Tu viens de remporter l'Oscar du plus grand débile de la planète.

– Ce n'était franchement pas malin, Danny, renchérit M. Riordan d'un ton sévère. Tu nous as fait une peur bleue.

Danny se releva.

– Je n'ai pas pu résister ! dit-il. Je voulais vous montrer mes talents d'acteur. Maintenant, on sait tous qui devrait jouer Roméo !

– Je ne suis même pas sûr de vouloir de toi dans la pièce, rétorqua le professeur en secouant la tête. Ce genre de comportement...

– C'était une blague ! protesta Danny.

– Oui, nous sommes tous pliés de rire, répliqua M. Riordan avec sarcasme. Je crois que je vais relancer la musique, ce sera mieux.

Il se dirigea vers la chaîne stéréo.

Selena décida de sortir prendre l'air. Elle traversa la pièce en direction du patio.

– Je n'en reviens pas que tu sois sortie avec ce guignol, souffla quelqu'un à son oreille.

Surprise, Selena ôta sa main de la poignée de la porte. Elle se retourna et découvrit le beau visage d'Eddy.

– Comment es-tu au courant, pour Danny et moi ? s'étonna-t-elle.

– Oh, je ne sais plus qui me l'a dit.

Eddy la dévisagea longuement. Selena se sentit troublée par l'intensité de ses yeux sombres.

– M. Riordan m'appelle encore, dit-il. J'ai l'impression qu'il tient absolument à me présenter tous les membres du club, ce soir ! (Son regard se mit à pétiller.) À plus tard, Selena.

Elle le regarda s'éloigner. « Il est bizarre, pensa-t-elle. Mais ça ne fait rien, je l'aime bien. Il est moins immature que Danny. »

Danny... Selena fronça les sourcils en repensant à la mauvaise blague qu'il venait de lui faire. Elle se sentait tellement honteuse d'être tombée dans le panneau ! Elle balaya la pièce du regard. Les autres continuaient-ils à se moquer d'elle ?

« Je ferais peut-être mieux de rentrer. »

Elle se dirigea vers la table des rafraîchissements.

– Tu as vu Katy ? demanda-t-elle à Alison.

– Elle était là tout à l'heure, répondit sa camarade. Je crois qu'elle est dans la cuisine avec M. Riordan.

Selena fit un mouvement vers la cuisine, mais Alison la retint.

– Je t'ai trouvée super, dans cette pièce, déclara-t-elle. Et je sais qu'il y a toutes les chances pour que tu décroches le rôle de Juliette. (Elle s'interrompit, le temps de respirer un grand coup.) Mais je tenais à te dire que je comptais passer l'audition, moi aussi.

– Bien sûr, dit Selena, surprise. (Alison et elle avaient toujours entretenu une saine rivalité, et Selena ne s'attendait pas à ce que cela s'arrête.) Pourquoi ce serait différent pour la pièce du printemps ?

Katy émergea de la cuisine, s'approcha de la table et rafla une poignée de cacahuètes.

– Vous parlez de quoi ? lança-t-elle à ses deux amies.

– J'ai envie de rentrer, lui dit Selena. Il est déjà tard et je suis fatiguée. Tu sais que je suis toujours crevée, après une représentation.

– Ça me va. Je n'avais pas l'intention de m'éterniser ici, de toute façon. (Katy haussa les épaules.) Donne-moi juste le temps de récupérer mon sac.

– Je t'attends dehors, décida Selena.

Elle remercia M. Riordan pour son invitation, traversa le vestibule et sortit dans le froid.

Au-dessus d'elle, des millions d'étoiles scintillaient dans la nuit noire. Selena frissonna. Elle avait une sensation étrange ; comme si toutes ces étoiles étaient des yeux, des millions d'yeux braqués sur elle.

« Ce sont ces histoires de harceleur qui me rendent parano. »

Elle s'engagea dans l'allée mais s'arrêta en voyant une grande silhouette se dresser en travers de son chemin.

Danny.

– Où vas-tu comme ça ? lui demanda-t-il d'une voix rauque.

– Chez moi ! répondit froidement Selena.

Elle n'était pas d'humeur à lui parler après le sale tour qu'il lui avait joué.

– D'accord, dit Danny. Je te raccompagne.

– Dans tes rêves ! répliqua-t-elle. Tu crois que j'ai envie d'aller où que ce soit avec toi ? Tu n'as toujours pas compris ? Nous deux, c'est fini !

Danny l'empoigna par le bras.

– Selena... l'implora-t-il.

Elle se dégagea brusquement.

– Laisse-moi tranquille ! cria-t-elle.

– Je veux juste te raccompagner, insista Danny en haussant le ton.

– Hé, qu'est-ce qui se passe ? s'écria quelqu'un.

Selena leva la tête et vit Jake s'approcher dans l'allée.

– Dégage ! aboya Danny.

Il tendit de nouveau la main vers Selena.

– Hé là ! protesta Jake en l'attrapant par son T-shirt. C'est quoi, ton problème ? Fiche-lui la paix !

– Occupe-toi de tes affaires, gronda Danny.

– Selena est mon amie ! fit valoir Jake. Si elle a besoin d'un chauffeur, je peux très bien la ramener !

« Ils sont tous devenus dingues ! » pensa Selena.

Danny repoussa Jake de toutes ses forces.

Ce dernier eut le temps de lancer un regard surpris à Selena avant de basculer en arrière.

Selena hurla en voyant la tête de son ami cogner contre le trottoir avec un bruit sourd.

Il resta étendu sur le dos.

Il ne bougeait plus.

8

– Jake ! s'écria Selena.

– Relève-toi ! ordonna Danny, le souffle court, en se dressant au-dessus du corps immobile de Jake. Allez, debout !

Jake remua. Il geignit et se redressa lentement.

Selena fit un pas vers lui. Mais Jake se jeta dans les jambes de Danny pour le faire tomber.

Sous le regard horrifié de Selena, les deux garçons roulèrent au sol en échangeant des coups de poing.

– Arrêtez ! Mais arrêtez ! hurlait-elle.

Jake avait déjà une vilaine entaille au front, tandis que Danny saignait du nez.

Elle empoigna Jake par le dos de son T-shirt, à deux mains, et le tira en arrière. Elle réussit à l'arracher à Danny. Puis elle s'interposa entre eux avant qu'ils ne puissent recommencer.

– Écarte-toi ! la prévint Jake, pantelant, essuyant d'un revers de la main le sang qu'il avait au front.

– Non ! insista Selena. Jake, enfin, qu'est-ce qui te prend ?

Jake, qui avait le regard un peu vitreux jusqu'ici, parut retrouver ses esprits.

– Je... Je suis désolé, bredouilla-t-il.

– Tu parles, que tu es désolé ! grogna Danny. Il y a de quoi, espèce de sale petit...

– La ferme ! Bouclez-la, tous les deux ! ordonna Selena. Vous êtes ridicules ! Je vais rentrer avec Katy. Je n'ai pas besoin qu'on me raccompagne ! Et, même dans le cas contraire, je ne choisirais aucun de vous deux !

Danny la dévisagea un long moment, luttant pour reprendre son souffle. Puis il pivota et partit à grands pas en direction de la maison. Il repoussa Katy qui venait d'apparaître sur le perron.

– Qu'est-ce qui se passe ? s'inquiéta celle-ci en rejoignant Jake et Selena. Pourquoi Danny saigne du nez ?

– Il est tombé, marmonna Jake avec amertume.

Katy le regarda d'un air sceptique.

– Selena ? demanda-t-elle.

– Je te raconterai dans la voiture, promit Selena avec un soupir.

Jake accompagna les deux filles jusqu'à la voiture de Katy.

– Je suis vraiment désolé, petite lune, répéta-t-il. Tu sais que je n'ai jamais pu supporter ce type.

– Ce n'est pas une excuse.

– C'est un vrai tocard ! insista Jake.

Selena soupira de nouveau.

– Je sais.

Katy déverrouilla la voiture et Selena se glissa sur le siège passager. Jake lui tint la portière.

– Danny se prend pour une star. Il pense que c'est lui qui jouera Roméo dans la pièce du printemps. Mais il n'en est pas question. Plutôt crever !

Selena en resta bouche bée. Son ami paraissait si pâle, livide de colère, dans le clair de lune.

– Tu n'es pas sérieux, Jake. Hein ? *Hein ?*

Il se détourna sans répondre et s'éloigna dans l'allée.

***

Le lendemain matin, Selena fut réveillée à l'aube par une sonnerie. Elle jeta un coup d'œil à son radio-réveil et vit qu'il était à peine 5 heures. Elle mit un instant à réaliser que la sonnerie venait du téléphone à côté de son lit.

Elle décrocha à tâtons.

– Allô ? marmonna-t-elle.

– On était ensemble, hier soir, chuchota une voix rauque.

– Hein ?

– Je t'observe, tu sais ? ajouta la voix. Je t'observe en permanence, Selena.

– Hé, une minute !

– Bientôt, on sera ensemble pour toujours, promit la voix.

Selena s'assit dans son lit. Elle était parfaitement réveillée, à présent.

Sa main se crispa sur le combiné.

– Qui est-ce ? demanda-t-elle sur un ton furibond. Qu'est-ce que ça veut dire, tout ça ? Qui est au bout du fil ?

Elle entendit un déclic. Son interlocuteur avait raccroché.

9

Selena s'approcha du perron familier du lycée de Shadyside. Elle gravit les marches quatre à quatre et poussa violemment la porte d'entrée. Une fois à l'intérieur, elle se plaqua au mur. Pour la première fois de la matinée, elle se sentait enfin en sécurité.

– Salut, Selena ! fit Katy en la rejoignant dans le couloir. Il fait un de ces froids, dehors !

– Ah ça, oui, reconnut Selena en frissonnant.

– Hé ! Qu'est-ce qui ne va pas ?

– Rien, rien. (Selena soupira.) C'est juste... C'est à cause de ces blagues idiotes. Ça finit par me porter sur les nerfs. Je... J'ai reçu un drôle de coup de fil, ce matin. C'était encore ce type.

– Non ! fit Katy en secouant la tête. Tu devrais appeler la police. Sérieusement. S'il y a vraiment un harceleur qui te...

– Il n'y a pas de harceleur, Katy, insista Selena. Je crois que c'est Danny. Tu as vu dans quel état il s'est mis, à la soirée ?

Katy fit la grimace, réfléchissant à ce que son amie venait de dire. Puis elle pointa le doigt.

– Regarde. Il est là. Il t'attend devant ton casier.

– Tant mieux ! s'exclama Selena.

Elle afficha une expression résolument sévère. Puis elle s'avança tête baissée dans le couloir et marcha jusqu'à Danny, accroupi devant son casier. Il tenait un papier plié, qu'il essayait de glisser dans l'interstice de la porte.

– Encore des menaces ? lui lança-t-elle.

Danny leva la tête, surpris.

– Oh, Selena. Je ne t'avais pas entendue arriver.

– Ne t'approche plus de mon casier ! s'emporta-t-elle. Ne t'approche plus de moi !

– D'accord, c'est bon. Pas la peine de t'énerver comme ça ! Je voulais juste te laisser un mot.

– Oh, super ! s'écria Selena. Et pourquoi pas des fleurs fanées avec ?

La stupeur s'afficha sur le visage de Danny.

– Hein ? De quoi est-ce que tu parles ?

– Tu sais très bien de quoi je parle ! hurla-t-elle. Des petits mots, des fleurs pourries et des coups de fil à 5 heures du matin !

– Tu racontes n'importe quoi ! se défendit Danny. C'est le premier mot que je te laisse.

Et je n'ai rien fait des autres trucs dont tu m'accuses ! Je voulais juste m'excuser pour hier soir.

— Mais oui, bien sûr, railla Selena. (Elle tendit la main.) Fais-moi voir.

— Laisse tomber ! aboya Danny en écartant le mot hors de sa portée. J'ai changé d'avis. Je ne suis pas désolé, en fait !

Il s'éloigna d'un pas rageur.

Selena le regarda partir, le cœur battant. Le papier qu'il tenait était-il véritablement un mot d'excuses ? Ou une autre lettre de menaces, signée d'un sticker en forme de soleil ?

***

— Quelle lumière jaillit par cette fenêtre ? Voilà l'Orient, et Juliette est... *la lune* ! récita Jake sur un ton mélodramatique.

Il se laissa tomber dans le fauteuil voisin de celui de Selena.

— Le *soleil*, rectifia-t-elle.

Elle lui donna une tape sur la tête avec son exemplaire du texte.

Selena n'était pas mécontente de cette interruption. Cela faisait un moment qu'elle apprenait ses tirades toute seule, au dernier rang de l'auditorium, en attendant le début des auditions.

À présent, elle avait Jake et Katy assis à côté d'elle.

L'expression de Jake devint sérieuse.

– Des nouvelles de ton harceleur ? demanda-t-il. Tu crois toujours que c'est Danny ?

Selena se tourna vers Katy en fronçant les sourcils.

– Tu as tout raconté à Jake, à ce que je vois... tous mes petits secrets.

Katy rougit. Elle commença à bredouiller une excuse.

– Hé, on est amis, non ? protesta Jake. J'ai le droit de savoir ce qui t'arrive.

Selena aurait préféré qu'il ignore le fait qu'elle soupçonnait Danny. Les deux garçons ne s'étaient jamais entendus. Jake n'avait pas besoin d'une raison supplémentaire de le détester. Surtout après leur bagarre.

– Je n'en sais rien, répondit-elle prudemment. À mon avis, c'est quelqu'un qui joue dans la pièce. Qui d'autre aurait pu glisser ces fleurs dans mon casier ?

– Tu devrais en parler à M. Riordan, suggéra Jake.

– Bah, pour l'instant, ce cinglé n'a rien fait, fit remarquer Selena. À part écrire quelques mots. En plus, je compte sur cette pièce pour décrocher une bourse, mais si je raconte ça à M. Riordan, il risque de ne pas vouloir me prendre.

– Pourquoi Danny ferait-il un truc aussi stupide ? demanda Jake.

Selena haussa les épaules.

– Il est habitué à obtenir ce qu'il veut. Sauf qu'avec moi ça ne marche pas. Je crois qu'il est profondément vexé de ne pas me voir me pâmer devant lui.

– Bah, au fond, ça ne m'étonnerait pas de lui, marmonna Jake. Mais il s'en sortira, comme toujours.

Selena le dévisagea avec attention. Il avait de gros cernes sous les yeux. Il ne lui avait jamais paru aussi amer.

– Jake ? Qu'est-ce qui ne va pas ?

– Rien ! riposta-t-il, abrupt. Là, on parle de tes problèmes, pas des miens, ajouta-t-il sur un ton plus doux. Tu sais que je ne peux pas encadrer Danny. Pourtant, dans un sens, j'ai l'impression de le comprendre.

– Sérieusement ? fit Katy, incrédule.

– Disons que je sais ce que c'est que de vouloir très fort une chose qu'on ne peut pas obtenir.

Les portes de l'auditorium s'ouvrirent en grand. M. Riordan fit son entrée et s'avança jusqu'au pied de la scène. Eddy était avec lui.

– Je suis ravi de vous voir aussi nombreux, se félicita le professeur. Nous allons commencer les auditions par les rôles principaux. (Il sortit un carton de sa poche.) Alison Pearson et Selena Goodrich sont là pour jouer Juliette. Montez sur scène, s'il vous plaît. Et pour jouer Roméo, nous avons Danny Morris et Jake Jacoby.

– Jake ? s'étonna Selena en se tournant vers son ami. Je ne savais pas que tu te présentais à l'audition pour le rôle de Roméo.

– Et pourquoi pas ? rétorqua-t-il en évitant son regard. C'est juste une chose de plus qu'on veut tous les deux, Danny et moi.

Il se leva brusquement et marcha jusqu'à la scène.

– C'est quoi, son problème ? demanda Selena à Katy.

Celle-ci leva les yeux au plafond.

– Aucune idée.

Selena attrapa son texte et se mit debout, soudain hésitante.

– Tu vas assurer, l'encouragea son amie.

– Merci, murmura Selena.

Elle s'engagea dans l'allée centrale mais Danny lui barra la route.

– Une fois que j'aurai le rôle, on passera beaucoup de temps ensemble, dit-il avec un petit sourire.

– Heureusement que Roméo meurt à la fin, répliqua-t-elle sur un ton venimeux.

Elle le contourna avant qu'il ne puisse ajouter quoi que ce soit.

Au moment où elle passa les premiers rangs, Eddy lui adressa un petit signe d'encouragement, les deux pouces vers le haut.

– Hé, Selena, lui lança-t-il. Je te dis m... !

– Merci, Eddy.

Sa gorge se noua. Elle regretta soudain qu'il soit présent.

– Bien, déclara M. Riordan, les Roméo et Juliette, répétez vos tirades pendant que je m'occupe des autres.

Selena traversa la scène en direction des coulisses où elle aimait bien réviser son texte. Elle s'installait toujours sur le même banc. Elle croyait que cela lui portait chance.

À sa grande surprise, quelqu'un d'autre s'y trouvait déjà : Alison, penchée sur son texte, le dos contre la grande armoire des costumes.

– Salut, Alison, lui dit-elle.

Cette dernière termina son paragraphe. Puis elle leva lentement les yeux vers Selena.

– C'est ta place, c'est ça ? Je vais aller travailler ailleurs.

– Non, t'inquiète, lui assura Selena. Ce banc ne m'appartient pas. En plus, à force de répéter mes tirades, j'ai mal au crâne.

– Tu es sûre de ne pas vouloir que je change d'endroit ?

– Certaine. En fait, je crois que je vais plutôt sortir prendre un peu l'air.

Selena poussa une porte qui donnait sur un couloir derrière la scène.

– Ô Roméo, Roméo, murmura-t-elle. Pourquoi es-tu Roméo ? Renie ton père et abjure ton nom...

Elle fut interrompue par un grand cri.

Un hurlement terrible. Dans son dos.

Suivi d'un fracas épouvantable.

Puis d'un silence.

Un silence pesant qui la laissa bouche bée.

10

Selena se figea, respirant avec difficulté. Puis elle s'obligea à se secouer. Elle repoussa la porte et revint dans les coulisses.

Elle entendit des exclamations de frayeur, des murmures apeurés. Et vit un certain nombre de ses camarades en cercle à l'arrière de la scène.

Que regardaient-ils ainsi ? Pourquoi semblaient-ils tous sous le choc ?

Elle se fraya un chemin à travers le groupe.

– Qu'y a-t-il ? demanda-t-elle. Il s'est passé quelque chose ?

Elle vit d'abord les tennis d'Alison. Dans une position étrange, les semelles vers le haut. Puis quelques centimètres de ses jambes.

Puis elle vit la grande armoire des costumes. Sur le flanc.

En plein sur Alison !

– Oh, non ! geignit Selena.

Alison était allongée à plat ventre, les bras en croix. Elle tenait encore son texte dans une main.

Et elle ne bougeait plus. Elle ne bougeait plus. Elle ne bougeait plus.

L'armoire géante l'écrasait de tout son poids. Elle devait lui broyer le dos.

L'écraser complètement.

Les mains pâles d'Alison étaient toutes raides et ses longs cheveux bruns étalés sur la scène faisaient penser à une flaque de sang.

Devant cette vision d'horreur, Selena sentit son estomac se contracter. « Je vais vomir. »

Elle plaqua une main contre sa bouche et recula en titubant.

Ignorant les murmures inquiets, les exclamations étouffées, elle luttait pour garder le contrôle.

Mais, même avec les yeux clos, elle continuait de voir le corps inerte d'Alison sous l'armoire.

Autour d'elle, tout le monde parlait en même temps.

– Elle est morte ?

– Comment ce truc a pu tomber ?

– Il faut la dégager de là-dessous !

– Non ! Il ne faut surtout pas la bouger !

– Tu es cinglé ? Dégagez-la, je vous dis !

– Appelez le 911 !

Selena ouvrit les yeux et vit M. Riordan penché au-dessus d'Alison.

– Que quelqu'un appelle le 911 ! répéta-t-il.

– Je les ai déjà prévenus ! cria Danny depuis la salle. Ils sont en chemin !

– Est-ce qu'elle... Est-ce qu'elle... ? bafouillait Judy Mason.

C'était la meilleure amie d'Alison.

– Je ne sais pas, murmura M. Riordan d'une voix tremblante. Elle s'est pris l'armoire sur le dos. Je ne sais pas si elle...

Il n'acheva pas sa phrase.

Selena entendit un gémissement assourdi.

Alison !

Elle vit sa camarade – qu'on avait sortie de sous l'armoire – tenter de redresser la tête.

– Ne bouge pas, lui ordonna doucement M. Riordan, agenouillé auprès d'elle. N'essaie pas de te lever. Les secours sont en route.

Selena poussa un soupir de soulagement. « Pitié, faites qu'elle n'ait rien », pria-t-elle en silence.

Elle entendit quelqu'un arriver en courant et vit Katy surgir sur la scène.

– Que s'est-il passé ? demanda-t-elle, hors d'haleine. J'étais partie chercher un truc dans mon casier, et quand je suis revenue...

– C'est Alison, lui expliqua Selena. L'armoire des costumes lui est tombée dessus.

– Quoi ? s'écria Katy. Impossible ! Elle est tellement lourde, elle n'a pas pu basculer comme ça.

– Peut-être qu'elle est trop pleine, suggéra un élève.

– Ou peut-être que quelqu'un l'a poussée, dit Jake à Selena.

– C'est n'importe quoi ! s'exclama Katy. Pourquoi voudrait-on s'en prendre à Alison ?

– Peut-être que ce n'était pas elle qui était visée, observa Jake. Ce n'est pas l'endroit où Selena s'assied, d'habitude ?

Cette dernière le dévisagea, trop abasourdie pour répondre.

Les portes de l'auditorium s'ouvrirent brusquement. Des agents de police et des infirmiers firent leur entrée.

Quelques instants plus tard, on soulevait Alison sur un brancard. Selena se réjouit de la voir échanger quelques mots avec les secouristes, et même sourire à une remarque de l'un d'eux.

– Comment va-t-elle ? s'inquiéta Judy auprès des infirmiers. Est-ce qu'elle s'est cassé quelque chose ? Est-ce qu'elle est en danger ?

Judy les suivit quand ils transportèrent le brancard hors de l'auditorium.

Selena se laissa tomber sur le plancher de la scène, profondément soulagée. Et complètement épuisée.

Essuyant son front moite, M. Riordan annonça que les auditions étaient reportées au lendemain après-midi. Les élèves commencèrent à quitter les lieux, discutant à voix basse, mais avec excitation, de ce qui venait de se passer.

Les policiers demeurèrent sur place un petit moment, fouillant les coulisses pour tenter de déterminer les causes de l'accident.

Selena resta aussi, à la fois curieuse et sous le choc, dans l'espoir d'en apprendre un peu plus. Elle ne parvenait pas à oublier la réflexion de Jake. Cet « accident » aurait-il pu être planifié pour elle ?

– Elle est trop chargée, cette armoire, déclara l'un des agents à M. Riordan. Vous ne devriez pas la remplir autant. Et puis, regardez les pieds. Celui de droite ne tient pas très bien.

– C'était bien un accident, n'est-ce pas ? demanda M. Riordan. Elle est tombée à cause de son poids ?

L'homme hocha la tête.

– C'est l'impression que ça me donne, répondit-il.

– Merci, monsieur l'agent, lui dit le professeur avec gratitude.

Quelques minutes plus tard, l'auditorium s'était presque entièrement vidé. Selena se remit debout et s'approcha de la grande armoire. « Est-ce que la police a raison ? Est-ce que l'armoire s'est renversée parce qu'elle était trop pleine ? »

Ou quelqu'un avait-il tenté de la faire basculer sur elle ?

« Non ! Non, non, non. »

Personne n'aurait pu faire une chose pareille.

Personne.

Elle laissa machinalement traîner ses doigts sur la porte de l'armoire. Et sentit quelque chose de collant sous la poignée.

Surprise, elle retira vivement sa main... et ramena au bout de ses doigts un sticker orange en forme de soleil.

11

Le lendemain, après les cours, sur le chemin entre l'arrêt de bus et chez elle, Selena ruminait des pensées maussades. Le vent et la pluie rendaient ce coin de Fear Street encore plus sinistre qu'à l'accoutumée.

« Qu'est-ce qui ne va pas chez moi ? Je devrais être folle de joie. »

L'audition s'était bien déroulée. Elle avait décroché le rôle de Juliette, bien sûr. Sans Alison, il n'y avait pas d'autre candidate.

Mais cela ne la rendait pas heureuse pour autant. La pauvre Alison était à l'hôpital, et Selena se sentait responsable.

Le harceleur avait voulu s'en prendre à elle, et non à Alison.

Katy et Jake avaient essayé de la convaincre que la présence du sticker sur l'armoire n'était qu'une coïncidence. Mais Selena n'était pas dupe. C'était bien elle qu'on avait tenté d'écraser.

La pelouse devant sa maison était une mare de boue, et les marches du perron étaient glissantes. Tout en déverrouillant sa porte, Selena regretta une fois de plus que sa mère soit forcée de travailler autant.

Elle alluma la lumière et monta à l'étage. Ses pas résonnaient dans la maison vide. Elle enfila des vêtements secs, puis s'allongea sur son lit pour réviser sa géométrie et apprendre ses tirades.

Le vent grondait dehors, secouant les arbres et faisant trembler les carreaux. Installée confortablement, bien au chaud, Selena ouvrit *Roméo et Juliette.*

Comment es-tu venu ici, dis-moi, et dans quel but ?
Les murs du jardin sont hauts et difficiles à gravir.

Selena ferma les yeux pour mieux graver ces mots dans sa mémoire. Elle était sur le point de passer à la ligne suivante quand le téléphone sur sa table de nuit se mit à sonner.

Elle posa le texte et décrocha le combiné.

– Allô ?

– Selena, c'est moi. Danny.

Elle demeura silencieuse un instant. Elle sentait le sang palpiter à ses tempes.

– Salut, Danny, finit-elle par murmurer.

– Comment vas-tu ?

– Très bien, répondit Selena d'un ton sec. Qu'est-ce que tu veux ?

– Eh bien, euh... Je ne sais pas trop comment dire ça, bredouilla-t-il. Mais toi et moi, ce n'est pas vraiment le grand amour, ces derniers temps.

– Ah, tu crois ?

– Je voudrais avoir une chance de te parler, c'est tout. Je me disais qu'on pourrait peut-être sortir manger un hamburger ou autre chose. Tu as déjà dîné ?

– Comment il faut que je te le dise ? s'écria Selena. Je ne veux pas sortir avec toi !

Danny ne réagit pas tout de suite. Puis il explosa :

– Et pourquoi pas ? Tout ce que je demande, c'est de pouvoir passer une ou deux heures avec toi !

– Ça ne m'intéresse pas ! riposta Selena en criant. C'est si difficile à comprendre ?

– Oh, non, je comprends, t'inquiète. Je comprends que tu te crois beaucoup trop bien pour moi. Je te trouvais plus gentille quand tu étais grosse.

– Pense ce qui t'arrange ! rétorqua Selena, furieuse. Je ne veux pas sortir avec toi. Je ne veux plus te voir. Je n'apprécie pas ton commentaire sur mon poids. Et franchement, tes blagues à la noix commencent à me fatiguer !

– Quoi ? Quelles blagues ?

– Ces stickers soleil que tu colles un peu partout, là. C'est toi aussi qui as renversé cette armoire sur Alison ? Tu es malade à ce point ?

– Je te l'ai déjà dit, je ne sais pas de quoi tu parles, insista Danny. Je ne ferais jamais de mal à Alison. Et je n'ai pas de stickers.

– Mais oui, c'est ça, railla Selena. Si tu le dis.

– C'est quoi, ton problème ? s'emporta Danny. Ce n'est pas parce que tu ne veux pas sortir avec moi que tu dois te sentir obligée de lancer ce genre d'accusations débiles !

– Eh bien... (Selena prit une grande inspiration.) Quelqu'un essaie de s'en prendre à moi... bafouilla-t-elle. C'est en train de me rendre folle !

Elle raccrocha d'un geste rageur.

Elle n'avait pas eu l'intention de dire ça. Elle aurait mieux fait de se taire.

Elle ne voulait plus parler à Danny.

Elle ramassa son texte. Mais elle tremblait trop pour réussir à lire.

Une idée troublante s'insinua en elle. « Peut-être qu'il ne fait pas semblant. Peut-être que ce n'est pas lui, le harceleur, en fin de compte. »

Elle ne pensait pas réellement que Danny avait poussé l'armoire sur Alison – quand bien même il l'aurait visée, elle. Selena avait beaucoup de mal à croire qu'il puisse chercher à lui faire du mal.

Peut-être s'agissait-il d'un inconnu, comme Katy l'avait suggéré. Un inconnu qui se serait pris d'une obsession pour elle.

Selena tâcha de reprendre sa lecture, mais elle avait du mal à se concentrer. « Oublie Danny. Pense à la pièce. » Elle se remit à lire :

Mon oreille n'a pas encore aspiré cent paroles
Proférées par cette voix, et pourtant j'en reconnais le son :
N'es-tu pas Roméo...

Une fois de plus, la sonnerie du téléphone l'interrompit.

– Allô ? dit-elle en décrochant.

– Selena ? fit une voix grave.

– Qui est-ce ? demanda-t-elle.

– C'est Eddy. Eddy Martin. Du club de théâtre.

Son cœur se remit à cogner fort, mais pour une raison différente.

– Eddy ! s'exclama-t-elle. Salut. Comment ça va ?

– Oh, bien, répondit-il. Je t'appelais pour te dire que je t'ai trouvée géniale à l'audition.

– Merci. Je me sens quand même un peu mal d'avoir eu le rôle comme ça. Alison n'a même pas pu se présenter.

– C'est vrai, reconnut Eddy. Mais le plus important, c'est qu'elle va se rétablir. Je viens de parler à M. Riordan et il m'a dit qu'elle devrait pouvoir reprendre les cours la semaine prochaine si tout va bien.

– Excellent ! s'écria Selena. C'est une super nouvelle !

– Et puis, le spectacle continue, comme on dit, conclut Eddy.

Il y eut un silence gêné.

– Je... Je suis impatiente d'entamer les répétitions, bredouilla Selena.

– Ça ne te rend pas nerveuse ? Juliette, c'est un rôle très important.

– C'est ça qui est excitant. Plus le rôle est important, moins j'ai le trac sur scène.

– Ah oui ? (Eddy rit.) J'ai du mal à croire que tu sois la même personne qu'avant. Tu étais tellement timide ! Toujours emmitouflée dans des vêtements trop amples, à te cacher derrière ces grosses lunettes. Aujourd'hui, tu es sur le point d'attaquer un rôle très difficile et tu n'as même pas peur !

Selena sentit sa gorge se nouer.

Comment Eddy pouvait-il connaître ces détails ?

À propos de sa timidité, de sa manière de s'habiller autrefois ?

Elle inspira profondément.

– Eddy, demanda-t-elle d'une voix douce, comment sais-tu comment je m'habillais il y a deux ans ?

Silence.

Selena retint son souffle en attendant qu'il réponde.

– J'ai dû voir ça sur de vieilles photos de classe, dit-il au bout d'un moment. Je sais beaucoup de choses sur toi, Selena. Tu serais étonnée. Écoute, est-ce que tu fais un truc vendredi soir ?

– Non, je n'ai rien de prévu.

– Tant mieux. Parce que j'ai deux billets pour une avant-première à côté du lycée. Un film chinois. Très drôle, paraît-il. Ça te dirait d'y aller ?

– J'adorerais !

– Super. (Eddy hésita.) Il y a juste un détail. N'en parle à personne au club, et surtout pas à Riordan.

– Ah bon ? Pourquoi ?

– Je ne suis pas censé sortir avec une de ses élèves, avoua Eddy. Ni avec aucune fille du lycée.

– Pourtant tu n'es pas un professeur.

– Non, c'est vrai, admit Eddy. Mais autant éviter les ennuis !

– D'accord, pas de problème. Je ne dirai rien à personne, promit Selena. Même pas à ma mère.

– Cool. Je passerai te prendre à 19 heures.

Selena raccrocha et fixa le mur jusqu'à ce que les fleurs du papier peint finissent par se brouiller sous ses yeux. Elle n'en revenait pas. Eddy l'avait invitée à sortir !

Elle n'avait encore jamais ressenti cela pour aucun garçon. Il semblait tellement s'intéresser à elle. Il se rappelait tout ce qu'il avait pu lire ou apprendre sur elle. Selena se laissa retomber sur ses oreillers. Elle avait hâte d'être à vendredi !

Dehors, un éclair fendit le ciel. Selena s'assit brusquement, surprise. La maison trembla lorsqu'un coup de tonnerre éclata. Les lumières grésillèrent et la pluie se mit à cingler les carreaux.

« Je ferais mieux de m'assurer que tout est bien fermé », pensa-t-elle.

Elle inspecta rapidement la chambre de sa mère puis descendit l'escalier pour jeter un coup d'œil dans chaque pièce. La fenêtre de la cuisine était restée entrouverte et la pluie avait déjà mouillé le coin de la table. Selena s'empressa de la fermer. Elle se pencha à la vitre pour observer l'orage. Et, à la lueur d'un autre éclair, elle remarqua un petit paquet sur le perron.

Elle fronça les sourcils. Sa mère aurait-elle laissé tomber quelque chose en partant, que Selena n'aurait pas vu en arrivant ?

Elle ouvrit la porte, sortit sous la pluie battante et récupéra le paquet.

Puis elle se réfugia dans la cuisine en s'essuyant le front.

Le paquet se défit entre ses mains. Le papier brun se déchira sous ses doigts.

Elle sentit une puanteur s'en échapper, âpre et tenace.

– Beurk !

Cette odeur lui donnait la nausée.

Alors, quand elle vit ce qu'elle tenait, Selena lâcha le paquet sur le sol de la cuisine.

Et courut se pencher au-dessus de l'évier, secouée par des haut-le-cœur, incapable de contenir son dégoût.

12

La pluie crépitait sur le sol de la cuisine. Selena se détourna de l'évier et s'aperçut qu'elle avait laissé la porte ouverte.

Le rat gisait au milieu des morceaux de papier d'emballage détrempé.

Le rat mort.

À moitié décomposé. Les pattes toutes raides. Le poil poissé de sang. La tête... réduite en pulpe. Sans doute mâchonnée par un chat ou un autre animal.

Un rat décapité.

La puanteur se répandait dans la cuisine, et remonta aux narines de Selena.

Elle retint son souffle. Refoula une nouvelle vague de nausée.

« Qui a bien pu m'envoyer ça ? » se demanda-t-elle, sous le choc.

Qui avait pu faire une chose pareille ? Quel genre de malade avait pu déposer un cadeau aussi répugnant sur le pas de sa porte ?

Elle s'en approcha en traînant les pieds. Et vit le cercle orange collé sur le papier d'emballage.

Un sticker soleil. Encore et toujours ce fichu soleil.

Elle trouva un petit mot plié à l'intérieur du paquet. La pluie commençait à diluer les lettres écrites au feutre noir. Elle réussit tout de même à déchiffrer les premières lignes :

Selena,

C'est toi !

Voilà ce qui t'attend... à moins que tu ne renonces à la pièce.

J'ai commis une erreur, hier. J'ai écrasé la mauvaise fille.

Mais ce genre d'erreur se corrige.

Si je ne peux pas être avec toi, personne ne le pourra.

Ne sois pas un rat, Selena. Parce que sinon...

La suite était complètement illisible.

Selena contempla le mot, tâchant de maîtriser les tremblements de sa main. Elle le relut plusieurs fois.

Au début, elle avait pris cela pour une mauvaise blague. Mais plus maintenant. « Ça va trop loin. »

Le harceleur avait réellement cherché à s'en prendre à elle. Alison se retrouvait à l'hôpital parce qu'il s'était trompé.

La suite du mot ne laissait guère place au doute. La menace était claire. Si Selena ne renonçait pas à la pièce, il la tuerait.

Comme un rat.

« Est-il dehors en ce moment ? » se demanda-t-elle. Avait-il attendu de voir sa réaction à la découverte du paquet ?

Elle n'avait pas entendu de voiture dans la rue. Cela dit, on n'entendait pas grand-chose, avec le tumulte de l'orage.

Contournant le rat mort, elle s'approcha de la porte et jeta un coup d'œil à l'extérieur. Elle ne vit que la pluie, qui tombait à verse, et la nuit noire zébrée d'éclairs.

Elle claqua la porte en frissonnant.

Elle allait devoir jeter ce rat. Passer la serpillière. Et débarrasser la cuisine de cette puanteur abominable.

« Et ensuite ? Qu'est-ce que je suis censée faire ? »

***

De retour dans sa chambre, elle essaya de se concentrer sur le texte de la pièce. Mais l'image du rat décapité lui revenait sans arrêt en tête. Et refusait de s'estomper.

« Je vais appeler Katy, décida-t-elle. Je vais l'appeler et tout lui raconter. Elle sait toujours me remonter le moral. »

Katy décrocha à la troisième sonnerie.

– Selena ? Qu'est-ce qui se passe ? Tu as une drôle de voix.

– Oh, Katy, si tu savais ! s'exclama Selena.

Elle expliqua à son amie ce qu'on avait déposé sur le pas de sa porte. Katy l'écouta en silence, puis poussa un long soupir.

– Je te dis depuis le début qu'il y a un tordu qui t'en veut, rappela-t-elle à Selena. Je vais t'aider à trouver qui ça peut être, t'inquiète. C'est forcément un amateur de théâtre, non ? Il suffira de garder un œil sur tous ceux qui travaillent de près ou de loin sur la pièce.

– Merci, souffla Selena. Mais il sait où j'habite. Il sait...

– Selena, tu ne crois pas que tu devrais peut-être envisager de laisser tomber la pièce ? demanda Katy avec douceur. (Elle semblait effrayée.) Si ce cinglé ne plaisante pas avec ses menaces...

– Laisser tomber la pièce ? protesta Selena. Pas question !

– Je ne te parle pas de renoncer au théâtre, tempéra Katy. Juste à la pièce du printemps.

– C'est la plus importante de la saison ! Et ma seule chance de décrocher une bourse pour Northwestern.

– Dans ce cas, tu dois en parler à M. Riordan, insista Katy. C'est trop grave pour ne pas le mettre au courant.

– Et s'il annule la pièce ?

– Ta vie vaut plus qu'une pièce, répliqua sèchement Katy.

– Tu as raison. (Selena soupira.) J'irai le voir.

– Bien. Sans faute, hein ? Fais-le dès demain. (Elle marqua une pause.) Ça va aller ? Tu veux que je vienne ?

– Non merci, c'est bon, déclina Selena. Ça m'a fait du bien de te parler.

Katy soupira à son tour.

– Ce dont tu as besoin, c'est de te changer les idées. Ce qui me fait penser : as-tu réfléchi aux vidéos qu'on va louer pour notre soirée pyjama de vendredi ?

– Oh mince, Katy ! J'avais complètement oublié. Je viens d'accepter un rencard pour vendredi.

Son amie ne dit rien pendant un moment.

– Tu ne peux pas le décaler ? finit-elle par demander.

– Je ne crois pas, répondit Selena. On ne pourrait pas plutôt reporter notre soirée pyjama à samedi ?

– Si tu veux, concéda Katy. Je n'avais rien de prévu pour samedi, de toute façon. Tu sors avec qui ?

Selena savait qu'elle était censée garder le secret. Mais elle ne put s'empêcher de se confier à sa meilleure amie.

– Tu ne vas pas le croire. Avec Eddy.

– Le stagiaire ? Mais enfin, il va à l'université ! Il n'est pas un peu vieux pour toi ?

– Pas du tout, répondit Selena. On n'a que deux ans d'écart. Et puis, il est adorable. On ne s'est parlé que deux ou trois fois, mais j'ai déjà l'impression de le connaître. Lui, en tout cas, a l'air de tout savoir sur moi.

– Eh bien, je suppose que tu sais ce que tu fais, commenta un peu durement Katy. Il faut que je retourne à mes devoirs.

– D'accord. Je suis contente que tu me comprennes.

– C'est normal, lui répondit Katy. En revanche, fais bien attention à toi, promis ? Je crois vraiment que tu es en danger.

Ces derniers mots résonnèrent aux oreilles de Selena longtemps après qu'elles eurent raccroché. « Même si c'est vrai, il faut que j'arrête d'y penser sans cesse ! »

Elle posa son texte sur son oreiller et s'allongea à plat ventre sur son lit pour se remettre à l'étudier. Elle ne parvenait pas à mémoriser la moindre réplique.

La pluie tambourinait contre sa fenêtre. Le vent faisait toujours trembler les carreaux. Selena se rendit compte qu'elle ne pouvait pas se concentrer à cause des grondements du tonnerre.

Elle repensa au soir où Katy et elle avaient trouvé cette échelle dans son jardin. Elle se leva brusquement et alla jeter un coup d'œil à la fenêtre.

Personne. « Arrête la parano. » Elle tira les rideaux malgré tout, en s'assurant de ne pas laisser d'interstice.

La lumière grésilla, et Selena reposa ses feuilles en soupirant. Elle ne pourrait jamais apprendre son texte tant que l'orage continuerait. Mais peut-être pouvait-elle commencer son devoir d'histoire.

Elle s'installa à son bureau et attrapa son manuel sous une pile de cahiers.

Un coup de tonnerre assourdissant fit vibrer la maison.

« Il n'y a personne dehors. Cesse de t'inquiéter pour rien, se dit-elle. »

N'empêche... et si le harceleur était revenu ?

S'il était dehors, sous sa fenêtre, comment le saurait-elle ? Et s'il trouvait un moyen de s'introduire dans la maison, l'entendrait-elle, avec ce raffut ?

Elle ferma les yeux pour refouler ces pensées effrayantes. Mais, dans son imagination, une silhouette sombre et sinistre lui apparut. Elle se la représenta en train de se glisser chez elle, de monter l'escalier, de s'avancer jusqu'à sa porte...

Elle ouvrit grand les yeux.

Un éclair projeta des ombres crues sur les murs de sa chambre.

« Arrête ! se reprocha-t-elle. Tu es en train de te monter la tête. Ce n'est que l'orage. » Elle ferma les yeux de nouveau.

« Je ferais peut-être mieux de laisser tomber mes devoirs et de me coucher de bonne heure. »

Elle se mit au lit et essaya de se détendre tandis que le tonnerre grondait et que la pluie cinglait les bois de Fear Street derrière chez elle.

Elle crut alors entendre un bruit par-dessus le fracas de l'orage.

Un bruit de pas, lourds et lents.

Dans sa maison.

La gorge nouée, elle s'assit dans son lit. Son cœur battait à tout rompre.

Avait-elle bien refermé la porte de derrière ? Un individu aurait-il pu entrer par l'une des fenêtres ?

Selena essaya d'ignorer ces bruits réguliers. *Boum... boum... frttt.*

Les pas se rapprochaient. Quelqu'un était en train de monter l'escalier.

Il y avait bien un intrus dans la maison.

Le harceleur ?

Frttt... frttt... boum.

Cela se rapprochait de plus en plus. La personne était presque au sommet des marches, à présent.

Le plus discrètement possible, Selena se glissa hors de son lit. Elle débrancha sa lampe de chevet, l'empoigna par le pied et la soupesa.

Puis elle alla se poster derrière la porte et attendit.

13

Cachée derrière la porte, les deux mains crispées sur sa lampe, Selena était prête. Un éclair illumina le couloir. Dans la clarté soudaine, la jeune fille vit une ombre.

Elle retint son souffle. L'individu avait atteint le sommet de l'escalier. Elle entendit ses pas sur la moquette.

– Selena ? appela une voix. Tu es là, ma chérie ?

Selena ressentit un tel soulagement qu'elle faillit lâcher son arme de fortune.

– Maman ! s'écria-t-elle. Tu es rentrée !

Elle posa la lampe sur le sol, courut dans le couloir et serra sa mère dans ses bras.

– Heureusement que tu m'as appelée ! s'exclama-t-elle. J'étais à deux doigts de t'assommer avec ma lampe.

Sa mère rit.

– Désolée de t'avoir fait peur. Je sais que tu détestes rester seule quand il y a de l'orage. La foudre a provoqué des coupures de courant dans toute la ville, alors le restaurant a dû fermer. Ce qui veut dire que je vais pouvoir passer la soirée avec ma fille, pour une fois !

– Eh bien, je suis vraiment contente que tu sois là, se réjouit Selena.

– J'ai une idée, dit sa mère en souriant. Allumons un grand feu dans la cheminée, après quoi je nous préparerai un bon chocolat chaud.

– Super !

Pendant que Selena s'occupait du feu, sa mère alla dans la cuisine. Puis elles s'installèrent toutes les deux sur le canapé.

Selena adorait voir sa mère à la lueur des flammes. Elle la trouvait très belle. Elle avait hérité de ses cheveux blonds et de ses yeux verts.

Tandis qu'elles sirotaient leur boisson, Selena lui parla de la pièce du printemps.

– Je suis sûre que tu seras une Juliette formidable, applaudit sa mère. Et, promis, je viendrai te voir. Même si je dois poser un jour de congé pour ça.

– Génial ! s'exclama Selena. Si seulement papa était là, lui aussi... ajouta-t-elle tout bas.

– Je sais, ma chérie, dit Mme Goodrich d'une voix douce. Il serait très fier de toi.

Selena hocha tristement la tête. Son père était mort avant d'avoir eu l'occasion de la voir sur scène.

– Il me manque tellement, avoua Selena. Ça va faire trois ans mais, certains soirs, je m'attends encore à le voir rentrer à la maison comme s'il ne s'était rien passé.

– Moi aussi, souffla sa mère en détournant la tête. Mais tu sais, chérie, il sera toujours présent, toujours avec nous deux, aussi longtemps qu'on se souviendra de lui.

Elles ne dirent plus rien pendant un moment, puis Mme Goodrich se força à sourire et se tourna vers sa fille.

– Parle-moi un peu du lycée, l'encouragea-t-elle. Je veux tout savoir !

Selena ne put s'empêcher de penser au harceleur, au rat mort, aux menaces qu'elle avait reçues. Devait-elle lui en parler ?

– Eh bien, j'ai quelques devoirs à rendre, dit-elle. En dehors de ça, il n'y a pas grand-chose à raconter. À part peut-être...

– Quoi donc ?

– Rien.

Selena haussa les épaules.

« J'en parlerai plutôt à M. Riordan. Inutile d'inquiéter maman. Elle a suffisamment de soucis comme ça. »

– Je suis un peu stressée, reconnut-elle. Enfin, en ce moment, je ne pense plus qu'à la pièce.

***

Le lendemain matin, alors que Selena sortait de son cours de maths pour se rendre à son cours d'anglais, elle se cogna contre Jake dans le couloir et faillit le renverser.

– Oups ! s'écria-t-elle. Pardon, Jake ! Je ne t'avais pas vu.

– Salut, petite lune, murmura le garçon d'une voix morne.

– Quelque chose ne va pas ?

Il se renfrogna.

– M. Riordan vient d'afficher la liste des rôles pour la pièce du printemps.

– C'est vrai ? s'écria Selena.

Elle s'empressa d'aller voir sur le tableau d'affichage.

– Pas de surprise, lui dit Jake. Tu seras Juliette, évidemment. Et Danny sera Roméo.

– Beurk ! fit Selena en plissant le nez. J'espérais que tu aurais le rôle.

– J'aurais *dû* l'avoir ! s'exclama son ami avec une ardeur inattendue. Tu as assisté aux auditions ! J'étais mille fois meilleur que ce guignol.

– Je vous ai trouvés bons tous les deux, dit prudemment Selena.

– Il m'est passé devant parce qu'il est sans arrêt en train de faire de la lèche à M. Riordan, fulmina Jake. Je croyais que, pour une fois, le talent ferait la différence. Mais Danny obtient toujours ce qu'il veut.

Il shoota dans une boule de papier froissée qui traînait dans le couloir.

– Désolée que tu n'aies pas eu le rôle, lui dit Selena en toute sincérité. Même si j'ai été surprise que tu te présentes. Jusqu'à maintenant, tu préférais jouer des personnages secondaires.

– C'est vraiment ce que tu penses ? s'écria Jake en s'étranglant de colère.

Il lui jeta un regard noir. Elle recula d'un pas, effrayée.

– Tu penses vraiment que ça me plaisait, de jouer des rôles secondaires pendant que toi, tu étais la vedette ? gronda-t-il.

– Eh bien, je croyais... bafouilla-t-elle, ne sachant pas quoi dire.

Jake était furieux.

– On est amis depuis longtemps, Selena, mais il y a encore beaucoup de choses que tu ne sais pas sur moi.

– Jake, écoute, je suis désolée...

– Laisse tomber ! (Il secoua la tête, avant de se détourner.) Je vais te dire un truc. Danny a peut-être l'habitude d'obtenir tout ce qu'il veut. Mais c'est fini !

– Jake, ne t'énerve pas comme ça, l'implora Selena. Tu me fais peur.

Il ne parut pas l'entendre. Il s'éloigna d'un pas rageur, les poings serrés.

***

– Je suis tout excitée par la nouvelle pièce, confia Katy à Selena pendant qu'elles attendaient le bus. J'ai hâte de commencer les répétitions ce soir.

– Moi aussi, sauf que...

Selena n'acheva pas sa phrase.

– Sauf que quoi ? voulut savoir Katy. Ne me dis pas que tu envisages finalement de laisser tomber ?

– Non. Sûrement pas. Mais il faudra quand même que je parle à M. Riordan... et j'appréhende sa réaction.

– On verra bien, dit Katy.

Selena changea de sujet :

– Je me fais également du souci pour Jake. Je ne sais pas ce qu'il a ; on dirait qu'il m'en veut pour quelque chose. Je ne comprends pas.

– Tu veux dire que tu n'es pas au courant ? demanda Katy avec incrédulité.

– Hein ? Au courant de quoi ?

– Selena... (Katy soupira.) Je pensais qu'il t'en aurait parlé. Je n'en reviens pas qu'il ne t'ait rien dit.

– Rien dit à propos de quoi ? s'énerva Selena. Tu vas cracher le morceau, oui ?

– Eh bien, hier, j'ai appris pourquoi il fait la tête en permanence. C'est à cause de ses parents. Ils vont divorcer.

– C'est pas vrai ! s'exclama Selena, stupéfaite. M. et Mme Jacoby ? Je ne l'aurais jamais cru !

– Jake ne le prend pas très bien, continua Katy. Pour tout te dire, moi aussi je m'inquiète pour lui. Il est complètement imprévisible, ces derniers temps. On ne sait jamais ce qu'il va faire. Et il s'énerve pour un rien.

– Ça, c'est vrai, reconnut Selena. Comme pour cette histoire avec Danny. Ils ne se sont jamais vraiment entendus, tous les deux, mais là ça va trop loin.

Katy hocha la tête. Elle s'avança dans la rue pour voir si leur bus arrivait. Mais non.

Elle souffla.

– Donc, tu comptes parler de ton harceleur à M. Riordan ? demanda-t-elle.

– Il faudrait.

Au fond d'elle-même, Selena n'était toujours pas convaincue d'en avoir envie.

« Il risque d'annuler la pièce, pensa-t-elle. Pas de pièce, ça voudrait dire pas de bourse. Et ce serait la fin de mes rêves. »

– Il n'y a pas de « Il faudrait » qui tienne, lui reprocha Katy. Parle-lui, c'est tout. Va savoir ce que ce tordu te réserve, pour la prochaine fois ?

Selena poussa un gros soupir. « Décidément, les mauvaises nouvelles s'accumulent. » Les parents de Jake se séparaient. Danny allait jouer Roméo. Et un inconnu la harcelait.

La seule éclaircie dans sa vie en ce moment était son rencard de vendredi soir avec Eddy.

***

– On t'attendait, lui lança Danny perché au sommet d'une échelle. Ô Juliette ! Juliette ! Pourquoi es-tu Juliette ?

Les autres pouffèrent.

Selena leva les yeux au ciel.

– Fiche-moi la paix, grogna-t-elle.

Ce n'était pas comme cela qu'elle avait rêvé d'entamer la première répétition. Elle grimpa sur scène en tâchant d'ignorer Danny.

Ce dernier descendit de l'échelle et vint se planter devant elle.

— Écoute, on va devoir travailler ensemble jusqu'à la fin de la pièce. On pourrait essayer de faire un effort pour s'entendre, non ?

— Tu as raison, reconnut Selena. Je suis nerveuse, c'est tout. (Elle inspira profondément.) Et puis, la scène du balcon me fait un peu peur, avoua-t-elle en jetant un coup d'œil aux échelles mises en place pour installer le décor.

— Oh, c'est vrai, fit Danny en riant. J'avais oublié. Juliette a le vertige !

— On devrait peut-être déplacer la scène au sous-sol ? suggéra quelqu'un dans l'auditorium.

D'autres rires s'élevèrent.

Selena préféra les ignorer. Elle sortit le texte de son sac et rejoignit les autres au centre de la scène.

— Où est Jake ? demanda M. Riordan. Nous avons besoin de lui pour le premier acte.

— Jake ? appela quelqu'un. Hé, Jake !

L'intéressé s'avança sur la scène en traînant les pieds.

— Ouais, qu'est-ce qu'il y a ? bougonna-t-il.

— Allez, tout le monde ! insista M. Riordan. Mettons-nous au travail. Acte I, scène 1. Nous allons commencer par une lecture.

« Concentre-toi. Concentre-toi », se dit Selena. Elle commença à lire ses tirades à voix haute et, au bout de quelques instants, elle se coula dans son rôle. Sans effort, de manière parfaitement naturelle. Elle fut surprise de voir la répétition si bien se dérouler. Tous les personnages étaient justes, même celui de Jake.

Alors qu'elle se déplaçait en lisant son texte, elle remarqua du coin de l'œil Eddy assis au premier rang, à côté de M. Riordan.

Était-ce un effet de son imagination, ou bien la suivait-il du regard en permanence ? Observait-il les autres avec la même intensité ?

À l'occasion d'une transition entre deux scènes, elle se tourna brièvement vers lui. Il lui sourit.

Lors de la scène suivante, elle eut l'impression de lui adresser directement ses répliques.

– D'accord, les enfants, ça se passe très bien, déclara M. Riordan au bout d'une heure. À présent, j'aimerais essayer quelque chose de différent. Juliette, je veux que tu ailles te placer au fond de la scène et que tu dises ton texte plus doucement. Il me faut aussi le père de Juliette. Jake ? Où est-il encore passé ?

– Désolé, s'excusa l'intéressé en revenant. J'étais parti boire de l'eau en coulisses.

– La prochaine fois, attends la pause, lui dit sèchement M. Riordan. Mets-toi là. (Il pointa le fond de la scène.) Quand elle commence à parler, je veux que tu t'avances vers elle. Entendu ?

– Oui, j'ai compris, marmonna Jake. Ce n'est quand même pas si difficile.

M. Riordan soupira.

– Tout le monde est prêt ? demanda-t-il.

Selena se rendit à l'endroit qu'on lui avait indiqué et commença à dire son texte.

– Recommence, lui demanda leur professeur. Avec plus d'émotion, cette fois. Tu dis ça sous le regard de ton père.

Selena répéta sa tirade. Elle adorait cette étape des répétitions, cette sensation de participer à un ensemble en pleine mutation, en plein développement.

– Excellent ! la complimenta M. Riordan.

– C'était super ! ajouta Eddy.

– Tâchons de mettre autant d'émotion dans la scène suivante, réclama M. Riordan. Juliette, je veux que tu...

Il fut interrompu par un cri strident :

– Les lumières ! Les lumières !

Selena reconnut la voix de Katy. Et vit son amie se ruer sur elle.

Les pages de son texte s'envolèrent de sa main.

Katy la plaqua au sol.

Selena n'eut même pas le temps de voir dégringoler la rangée de projecteurs.

Mais elle les entendit s'écraser sur les planches avec fracas. La scène en trembla sous l'impact.

Des cris d'horreur s'élevèrent autour d'elles.

Et elle comprit qu'elle était morte.

14

« Je suis morte, réalisa Selena. Katy et moi... on est mortes toutes les deux. Écrasées par les projecteurs. »

Elle entendit de nouveau le vacarme, le bruit de métal tordu et de verre brisé.

Elle attendit la douleur.

Mais elle n'en ressentait aucune. Pas la moindre douleur.

« Parce que je suis morte. C'est normal. Je suis morte, je ne ressens plus rien. »

Elle ouvrit les yeux et découvrit les visages horrifiés de ses amis. M. Riordan était penché sur elle. En train de crier. Que criait-il ?

Elle vit Eddy, également. Il était livide. Ses yeux brillaient.

De chagrin ?

Le son de leurs cris parvint enfin à ses oreilles.

La bouche sèche, Selena respira un grand coup.

Elle était toujours en vie.

Elle essaya de se lever. Sans douleur, sauf peut-être dans le genou droit.

« Je suis vivante. Je vais bien. Les lumières se sont écroulées sur moi... et m'ont ratée. Grâce à Katy. Katy ! »

Selena roula sur elle-même. Et vit son amie allongée à plat ventre. Elle semblait bizarrement tordue. Et son bras...

Son bras était coincé sous l'un des projecteurs.

Selena vit aussi Eddy agenouillé auprès de Katy.

– Reste tranquille, lui recommandait-il. Ton bras...

Était-il écrasé ? Saignait-il ? Hébétée, Selena se remit debout tant bien que mal.

– Je crois qu'il n'est pas cassé, grommela Katy.

« Elle va bien, elle aussi », pensa Selena.

Elle regarda Eddy examiner avec précaution le bras de l'accidentée.

– Tu peux le bouger ? lui demanda-t-il.

– Je... Oui, ça va.

Une vilaine ecchymose apparaissait déjà quelques centimètres au-dessous de son coude.

M. Riordan l'aida à se relever.

– Tu n'as pas de fracture, confirma-t-il. Mais tu vas avoir un sacré bleu. Jake, va chercher de la glace derrière, dans la glacière.

Tandis que le jeune homme s'éclipsait, Eddy et M. Riordan se tournèrent vers les quatre projecteurs reliés par des tiges en acier.

– Le matériel est vérifié tous les mois, dit le professeur en se grattant la tête. Comment ces projecteurs ont-ils pu se décrocher comme ça ? C'est curieux.

« Moi, je sais comment, pensa Selena. C'est encore un coup du harceleur. Celui qui a poussé l'armoire sur Alison. Il a de nouveau essayé de me tuer. Mais Katy m'a sauvée. Sauf qu'elle a été blessée dans l'affaire. C'est la deuxième fois que quelqu'un est blessé à cause de moi. Je ne peux pas continuer à faire courir des risques à mes amies juste pour obtenir une bourse, décida Selena. Il faut que ça s'arrête. Tout de suite. »

Elle se tourna vers M. Riordan.

– Je peux vous parler un moment ? demanda-t-elle d'une voix tremblante.

Il afficha un air surpris.

– Eh bien, je veux d'abord m'assurer que Katy... commença-t-il.

– J'ai quelque chose à vous dire, insista Selena. Quelque chose d'important.

– Oh ! D'accord.

Le professeur suivit Selena vers le fond de la scène.

Alors qu'elle se demandait par où commencer, elle jeta un coup d'œil derrière elle. Et vit Eddy qui la fixait d'un air sévère.

Son expression lui donna froid dans le dos.

« Qu'est-ce qui lui prend ? Pourquoi est-ce qu'il me regarde comme ça ? »

15

Chère Selena,

Aujourd'hui, nous étions de nouveau ensemble.
Il est arrivé quelque chose de grave. De très grave.
C'est moi qui l'ai provoqué, Selena.
Tu ne t'en rends pas compte, mais nous sommes de plus en plus souvent ensemble.
Même quand tu ne me vois pas, nous sommes ensemble.
Je te tiens en mon pouvoir, et tu ne le sais même pas. Mais tu en auras bientôt la certitude, Selena.
Si tu joues dans Roméo et Juliette, *tu connaîtras la vérité. Et ce sera la dernière chose que tu connaîtras.*

Le Soleil

16

– Excellent film ! commenta Eddy quand Selena et lui sortirent sur le parking du cinéma.

– L'actrice était excellente, approuva Selena. Je n'ai même pas eu besoin de lire les sous-titres. Je me contentais de regarder son visage.

– Un jour, c'est toi qui seras à sa place, lui promit Eddy.

– Ah oui ? Tu crois que j'aurai besoin de sous-titres ? dit Selena en souriant.

Eddy lui ouvrit la portière. Elle s'installa dans le siège baquet de la Honda Civic rouge et ferma les yeux un instant. La voiture lui rappelait Eddy : chaude et confortable.

Quand il était passé la prendre, elle s'était d'abord sentie un peu mal à l'aise, hésitante. Mais elle n'avait pas tardé à se détendre.

– Où va-t-on, maintenant ? lança Eddy en s'installant à côté d'elle. Tu as faim ?

– Je ne devrais pas, après tout le pop-corn que j'ai avalé, répondit Selena. Mais en réalité, je meurs de faim.

– Moi aussi, lui confia Eddy. Tu as déjà mangé au Sam's ?

– Le Sam's ? Non, je ne connais pas. C'est où ?

– C'est un petit resto qui sert des burgers, à Waynesbridge, juste à côté de l'université. Tu veux essayer ?

– D'accord.

En vérité, si Eddy lui avait proposé d'aller dans un endroit où l'on servait des larves grillées, elle aurait probablement accepté aussi !

– Tu aimes le jazz ? demanda Eddy en glissant une cassette dans le lecteur.

– Je n'y connais pas grand-chose, avoua-t-elle.

– C'est mon père qui m'a fait découvrir, expliqua Eddy. Au début, je n'aimais pas beaucoup, mais aujourd'hui, je n'écoute plus que ça. Je trouve ça encore mieux que le rock. Ça, c'est une vieille cassette de Bill Evans. C'était un pianiste dément.

Selena écouta la musique pendant qu'ils roulaient dans la nuit en direction de Waynesbridge.

– C'est vrai que c'est pas mal, admit-elle.

– Tu préférerais peut-être quelque chose de plus récent. J'ai une cassette de Wynton Marsalis. On pourra l'écouter au retour.

Il s'engagea dans un tunnel étroit, avant de se garer dans un parking souterrain.

Ils reprirent le tunnel à pied, puis gravirent une volée de marches. En poussant la porte au sommet, Selena déboucha dans une zone piétonne agrémentée de nombreux restaurants et magasins.

– Trop cool ! s'exclama-t-elle.

Eddy sourit.

– Oui, ça fait partie du campus. Les étudiants en art dramatique se retrouvent souvent au Sam's. Le propriétaire est un ancien acteur new-yorkais.

– J'adore ! s'extasia Selena. Ça me change des endroits où j'ai l'habitude d'aller.

Eddy poussa la porte du Sam's, et une alléchante odeur de frites et de viande grillée s'en échappa. Une serveuse les guida vers un box en bois sombre tout au fond. Selena se glissa sur le banc et regarda les photos de sportifs accrochées aux murs.

– On mange bien ici, tu verras, lui promit Eddy.

Ils commandèrent chacun un burger et des frites, avec une ginger ale pour Selena et un Coca pour Eddy.

– Où en es-tu avec ton texte, ça commence à rentrer ?

– Je connais déjà par cœur tout l'acte I et l'acte II, répondit Selena.

– Je t'ai trouvée parfaite dans les scènes que je t'ai vue jouer, la complimenta Eddy. Tu n'as pratiquement pas besoin d'indications du metteur en scène. Tu as énormément de talent, tu sais ?

– Merci, murmura-t-elle, gênée. Mais j'ai encore un peu de mal à cerner le personnage. Il y a des choses que je ne comprends pas, chez Juliette.

– C'est ça qui te rend aussi bonne, insista Eddy. Au lycée, la plupart des acteurs se contentent de déclamer leur texte. Alors que toi, tu réfléchis vraiment à ce qu'il signifie.

– Tu crois que je serai au niveau ? s'inquiéta Selena en jouant machinalement avec sa serviette. Le professeur d'art dramatique de Northwestern sera présent le soir de la première. Si j'arrive à l'impressionner, j'aurai peut-être une chance d'aller à l'université.

– Oh, tu auras une bourse, je suis prêt à le parier, déclara Eddy. Mais si tu veux, je peux te coacher.

– Tu es sérieux ? s'écria-t-elle.

— Absolument, répondit-il avec un grand sourire. J'en serais très heureux, même. Seulement, ne dis rien à personne.

— Promis. Mais tu es sûr que ça ne posera pas de problème ?

— Aucun, lui assura Eddy. Je ne veux pas que M. Riordan s'imagine que je favorise certaines de ses élèves, c'est tout.

— Je comprends, dit Selena.

Elle sourit à l'idée d'avoir une relation secrète avec Eddy. Elle se sentait si bien, en sa présence.

— Tu sais, poursuivit Eddy, tu es quand même ma préférée, au lycée. J'ai envie de mieux te connaître. C'est rare, de rencontrer des gens qui aiment autant le théâtre. Et je trouve admirable que tu aies continué malgré ce que tu as enduré ces dernières années. Ça n'a pas dû être facile, après la mort de ton père, mais tu t'es accrochée.

Selena se figea.

— Comment es-tu au courant, pour mon père ? Je ne t'en ai jamais parlé.

— C'est M. Riordan qui me l'a dit. Pardon. Je n'aurais pas dû aborder le sujet. (Eddy se pencha pour lui prendre la main par-dessus la table.) Je t'aime beaucoup, Selena.

Elle le dévisagea, subitement mal à l'aise.

— Je me rends compte que tu es très occupée, enchaîna-t-il. Et j'ai bien vu à quel point tu es populaire. Mais j'aimerais être avec toi... enfin, chaque fois que tu auras du temps à m'accorder.

Selena ne savait plus quoi penser. Elle trouvait Eddy très attirant, mais que savait-elle vraiment de lui ?

Rien du tout.

Alors qu'il semblait connaître beaucoup de choses sur elle.

Des choses dont elle ne lui avait jamais parlé.

Elle dégagea sa main.

– Moi aussi, j'aimerais bien te voir un peu plus, Eddy. Mais...

– Mais quoi ? l'interrompit-il. Tu as déjà un petit ami ?

Confuse, Selena secoua la tête.

– Alors, tu me trouves trop vieux pour toi ? C'est ça ?

Il la fixait intensément.

« Qu'est-ce qui m'arrive ? se demanda Selena. J'apprécie Eddy. Pourquoi est-ce que je me méfie tellement ? »

– Désolé, s'excusa-t-il. Je suis parfois un peu trop direct.

– Non, ce n'est pas ça, lui dit Selena.

Elle se sentait partagée. D'un côté, elle avait envie de lui faire confiance. De l'autre, elle hésitait à baisser sa garde. Devant lui comme devant n'importe qui d'autre.

– Qu'y a-t-il, Selena ? demanda-t-il d'une voix douce.

– C'est que... il y a quelqu'un qui me menace, bafouilla-t-elle.

– Je te demande pardon ?

– Je sais que ça paraît dingue ! s'écria-t-elle. Mais on n'arrête pas de me laisser des petits mots inquiétants, des cadeaux sinistres. Je ne sais plus en qui je peux avoir confiance !

– Mince, murmura Eddy. As-tu une idée de qui ça peut venir ?

– Pas vraiment, répondit Selena sur un ton désespéré. Mais je pense à un membre du club de théâtre.

– Mince, répéta Eddy en secouant la tête. Je suis navré, sincèrement.

De manière décousue tout d'abord, puis avec plus d'assurance, Selena entreprit de lui raconter tout ce qui s'était passé, depuis le premier bouquet de fleurs jusqu'au dernier billet.

– Le pire, c'est que... je crois que ce type a volontairement renversé l'armoire sur Alison et fait tomber les projecteurs sur Katy. Pour essayer de m'avoir.

– C'est possible, reconnut Eddy. N'empêche, c'est fou ! Qui pourrait bien avoir envie de te tuer ?

Selena soupira.

– Katy pense qu'il s'agit d'un harceleur. Comme ces tarés qui deviennent obsédés par une star de cinéma. Sauf que je ne suis pas une célébrité !

– Tu es quand même connue à Shadyside, fit remarquer Eddy d'un air songeur. En as-tu parlé à M. Riordan ?

Elle hocha la tête.

– Pour l'armoire et les projecteurs, il considère que ce sont des accidents. Les billets, les cadeaux, pour lui ce sont des blagues de mauvais goût et il m'a promis d'ouvrir l'œil. Mais il ne pense pas que je sois en danger.

– Tu devrais peut-être aller trouver la police, suggéra Eddy en baissant la voix.

– Ils réagiront probablement comme lui. Ils diront que ce sont des accidents, des blagues idiotes.

Eddy soupira.

– Je vais réfléchir à tout ça, dit-il. Je trouverai peut-être un moyen pour que tu te sentes un peu plus en sécurité.

– Merci, Eddy, répondit Selena. C'est gentil.

Il ramassa la note et lui adressa un signe d'encouragement, les pouces vers le haut.

– Je reviens, lâcha-t-il.

Selena le regarda s'éloigner vers la caisse. « Je suis bien contente de lui avoir tout raconté. Au moins, lui me comprend. » Son regard se porta au-delà d'Eddy, vers l'entrée du restaurant.

Danny Morris se tenait sur le seuil.

Et la toisait durement.

Selena retint son souffle.

« Qu'est-ce qu'il fait là ? se demanda-t-elle avec une pointe de colère... et de peur. Est-ce qu'il m'a suivie ? Qu'est-ce qu'il me veut ? »

17

Selena sentit tous ses muscles se crisper.
« Ce resto n'est pas un endroit où les lycéens ont l'habitude de se retrouver. Et on est à des kilomètres de Shadyside. »

Il ne pouvait y avoir qu'une seule explication : Danny l'avait suivie ! Tremblante de colère, Selena s'extirpa du box et s'avança dans l'allée pour lui barrer le passage.

– Tiens, Selena ! s'exclama le garçon d'un air faussement surpris.

– Qu'est-ce que tu fais là ? aboya-t-elle. Tu viens encore me pourrir la vie ?

Danny ne répondit pas tout de suite. Il la dévisagea un moment avec une expression de mépris. Puis sa bouche s'incurva en un rictus.

– Sacrée Selena ! Tu te prends vraiment pour le centre du monde, hein ?

– Quoi ? Arrête de dire n'importe quoi ! s'écria-t-elle. Je veux savoir pourquoi tu m'as suivie jusqu'ici.

Il secoua la tête.

– Je suis venu avec ma copine, finit-il par dire. Elle habite Waynesbridge.

Il se tourna vers la porte. Une jolie fille aux cheveux châtains et aux grands yeux bruns fit son entrée.

– Selena, fit Danny avec son petit sourire, je te présente Susie. Susie, voici Selena. Elle est dans mon lycée.

– Oh, euh, salut, Susie, bredouilla Selena. (Elle rougit jusqu'aux oreilles. Elle ne savait plus où se mettre.) Je, euh, il faut que je file, marmonna-t-elle.

Elle tourna les talons et s'enfuit hors du resto.

Eddy l'attendait dehors.

– On a eu chaud ! dit-il en riant.

Selena le dévisagea d'un air perplexe.

– Je parle de Danny, expliqua-t-il. S'il nous avait vus ensemble, tu peux être sûre qu'il en aurait parlé à Riordan.

– Oh ! C'est vrai, fit Selena.

Eddy l'entraîna dans l'escalier de béton. Selena le suivit comme une automate. Elle pensait à Danny.

Ainsi donc, il avait une nouvelle copine. Ou du moins, il s'intéressait à une autre fille.

Il n'était donc pas le harceleur.

« Ce n'est pas Danny. Pas Danny. Pas Danny. Alors qui ? »

Elle suivit Eddy jusque dans le tunnel.

Comme il n'y avait pas de trottoir, ils marchèrent le plus près possible de la paroi. Eddy se tenait tout près d'elle.

– Il faut que je t'avoue quelque chose, Selena, commença Eddy. Ça fait longtemps que j'attendais ce rencard.

– Comment ça ?

– Eh bien, j'étais en dernière année à Shadyside quand tu as commencé le théâtre. Et depuis, je n'ai jamais cessé de penser à toi.

Selena continua à avancer en silence. Elle n'en croyait pas ses oreilles. Eddy craquait pour elle depuis tout ce temps !

– Le seul inconvénient de venir manger ici, commenta Eddy en changeant de sujet, c'est qu'il faut passer par ce tunnel pour rejoindre le parking. Mais la nourriture en vaut la peine. (Il lui prit la main et la pressa gentiment.) Tu passes une bonne soirée ?

– Excellente ! répondit Selena.

« La meilleure depuis longtemps. Je mc sens enfin en sécurité. »

Ils étaient parvenus au milieu du tunnel quand Selena entendit un crissement derrière elle. Elle mit une seconde à comprendre de quoi il s'agissait.

Le crissement des pneus d'une voiture en train d'accélérer.

Elle pivota brusquement. Et se retrouva prise dans les phares d'un véhicule sombre.

Qui lui fonçait droit dessus.

Elle voulut faire un pas de côté.

Mais Eddy l'empoigna par les deux épaules... et la repoussa violemment, en plein sur la trajectoire de la voiture !

18

Le cri d'horreur de Selena résonna contre les parois en béton du tunnel.

Propulsée en avant, elle se sentit trébucher. Sans pouvoir se retenir à quoi que ce soit.

Elle se prépara au choc.

– Aaah !

Elle s'était cognée contre une masse dure.

« Je suis touchée ! »

Mais non. Elle avait simplement heurté le mur. Elle sentit un souffle d'air quand la voiture la frôla dans un autre crissement de pneus.

– Selena ! Ça va ?

Elle ne reconnut pas la voix. Hébétée, elle se retourna et vit Eddy près d'elle.

– Que s'est-il passé ? haleta-t-elle en s'écartant du mur du tunnel.

– Cette voiture a bien failli nous faucher ! balbutia-t-il.

– Tu... Tu m'as poussée sous ses roues ! l'accusa Selena.

– Non, je t'ai poussée hors de sa trajectoire, expliqua-t-il, peinant à reprendre son souffle. Ensuite, j'ai fait un bond de côté. (Il lâcha un grand soupir.) Désolé d'avoir été un peu brutal.

Selena regarda autour d'elle en frissonnant. Le tunnel était tout juste assez large pour eux et la voiture. Si Eddy ne l'avait pas écartée à temps...

Elle croisa les bras sur sa poitrine. Elle tremblait sous l'effet de l'émotion.

– Tu n'as pas à t'excuser, murmura-t-elle. Tu m'as sauvé la vie.

– Tu es sûre que ça va ? insista Eddy en se rapprochant.

– Oui, oui. Et toi ?

– Je me suis écorché le coude. Ce n'est rien. Dommage que je n'aie pas pu voir le numéro de plaque.

Il tendit la main à Selena et l'entraîna en direction du parking.

– On aurait dû passer par l'autre côté, dit-il en secouant la tête.

Selena le dévisagea avec surprise. Ce n'était pas la première fois qu'il venait là. Il devait forcément savoir que ce n'était pas prudent de passer par le tunnel.

« On aurait dû passer par l'autre côté. » Selena était bien d'accord.

Alors, pourquoi ne l'avaient-ils pas fait ?

***

– Tu n'as vraiment pas pu voir la plaque ? demanda Selena alors qu'Eddy tournait sur Old Mill Road.

Ils roulaient en silence depuis de longues minutes. Selena avait encore les nerfs à vif.

– Non, répondit Eddy. Tout s'est passé si vite. À tous les coups, c'était encore un type qui avait trop bu. J'espère que la police le coincera avant qu'il ne tue quelqu'un.

– Et s'il ne s'agissait pas simplement d'un chauffard ? suggéra Selena. Si c'était quelqu'un qui nous connaissait ? Qui voulait s'en prendre à nous ? (Sa gorge se serra.) Ou, plutôt, qui voulait s'en prendre à moi ?

Eddy demeura silencieux un moment.

– Tu penses au type qui t'envoie ces messages ?

Selena acquiesça, le regard fixé droit devant elle.

– Mais là, on était à Waynesbridge, fit remarquer Eddy. Personne ne pouvait savoir que tu serais là.

– À moins de m'avoir suivie, marmonna Selena en se rappelant sa rencontre avec Danny.

« Peut-être que ce chauffard ne cherchait pas à nous écraser, pensa Selena en changeant d'avis. Peut-être qu'Eddy a vraiment essayé de me pousser sous ses roues. »

Elle appuya la tête contre la vitre et ferma les yeux. « Je ne peux plus me fier à personne. »

Quand elle rouvrit les yeux et se tourna vers Eddy, elle ne se sentait plus du tout en sécurité.

***

Le lendemain matin, Selena se réveilla avec le vague souvenir d'avoir fait un cauchemar. Elle s'ébroua, s'habilla rapidement puis descendit au rez-de-chaussée.

Elle découpa deux bananes en rondelles dans des bols de céréales. C'était le jour de repos de sa mère. Pour une fois, elles allaient pouvoir prendre le petit déjeuner ensemble.

Après avoir mis la table et servi un jus d'orange à chacune, Selena sortit sur le perron ramasser le journal.

Elle lâcha une exclamation de surprise en voyant le paquet en forme de cône appuyé contre la porte moustiquaire. Enveloppé dans du papier bleu. Un autre bouquet.

– Oh, non ! gémit-elle. Pas encore !

Elle attrapa le bouquet, prête à le balancer directement à la poubelle.

Mais elle entrevit quelque chose entre les plis du papier. Une tache de couleur vive. Une rose rouge.

Selena apporta le bouquet à l'intérieur et le déballa rapidement. Il était splendide : une douzaine de roses entourées de feuillage. Elle ne vit pas de carte. Mais ce n'était pas nécessaire.

« Ça vient sûrement d'Eddy. Obligé. Dire que je l'ai soupçonné... Comment ai-je pu croire qu'il veuille me faire du mal ? »

Elle se percha sur le tabouret de la cuisine pour récupérer un vase au-dessus du réfrigérateur. Elle le remplit d'eau, puis entreprit d'y arranger les fleurs et le feuillage.

– Magnifique, souffla-t-elle. (Elle enfouit son visage dans les fleurs pour humer leur parfum.) Merci, Eddy, murmura-t-elle.

– Bonjour, ma chérie ! lança sa mère en la rejoignant.

– Salut, m'man. (Selena leva la tête.) Regarde ce qu'on m'a déposé ce matin.

– Comme elles sont belles ! s'exclama Mme Goodrich qui s'était approchée de la table.

– Sens-les, l'encouragea Selena, le visage de nouveau enfoncé dans le bouquet. Je les adore !

– Oh, attends ! s'écria soudain Mme Goodrich. Selena ! Écarte-toi tout de suite !

– Hein ? fit Selena en se redressant brusquement. Pourquoi ? Qu'y a-t-il ?

– Ce feuillage, c'est du sumac vénéneux !

19

Selena avait toujours été allergique au sumac vénéneux.

Au bout de quelques minutes seulement, son visage était tout gonflé. Sa peau la picotait et la démangeait de partout. Elle avait du mal à respirer.

« Qui pouvait savoir à quel point je suis sensible au sumac vénéneux ? se demanda-t-elle. Qui est au courant de mon allergie ? »

***

Une semaine plus tard, Selena avait encore le visage bouffi. Ses mains et ses bras étaient couverts de croûtes et les démangeaisons n'avaient pas diminué. Penchée sur son livre de géométrie, elle se gratta machinalement.

« Comment ai-je pu être aussi bête ? se demanda-t-elle pour la centième fois. Tout le monde sait bien à quoi ressemble le sumac vénéneux. Je tenais à ce point à recevoir des fleurs d'Eddy ? »

– Comment te sens-tu ? lui demanda Jake à voix basse.

– Ça va, merci, marmonna-t-elle.

– Tu as l'air d'aller mieux, confirma Katy. Un petit peu, en tout cas.

Les trois amis s'étaient dans la bibliothèque pour réviser.

– Je me sens tellement stupide, gémit Selena. Je crois que c'est la réaction la plus embarrassante que j'aie jamais eue. En plus, ça m'a fait rater toutes les répétitions !

– Ce n'est pas ta faute, murmura Jake. Tu ne pouvais pas deviner qu'un tordu t'enverrait du sumac...

– Chut ! l'avertit Katy en voyant la bibliothécaire leur lancer un regard noir.

Selena se replongea dans son livre. Peu après, la bibliothécaire sortit dans le couloir et Jake poussa de nouveau son amie du coude.

– Prête à reprendre les répétitions ? Plus que deux semaines avant la première !

– J'espère que mes démangeaisons se seront calmées d'ici là.

– Je ne suis même pas sûr que tu devrais jouer cette pièce, murmura Jake.

– Quoi ? Tu es sérieux ? s'exclama Selena.

– Je suis d'accord avec lui, avoua Katy d'un air grave.

– Mais enfin, vous ne comprenez pas ? C'est exactement ce que veut ce cinglé : me voir abandonner. Je ne vais quand même pas lui faire ce plaisir !

– Je voudrais bien savoir qui c'est, dit Katy avec un soupir.

– On sait qui c'est, rétorqua Jake. Danny, forcément.

Selena fit la grimace.

– Ça m'étonnerait. Qu'est-ce qui te fait croire ça ?

– Je ne peux pas le dire pour l'instant, répondit Jake. Mais j'ai mené ma petite enquête.

Selena le dévisagea avec des yeux ronds.

– Comment ça, ta petite enquête ?

– Oh, disons que j'ai posé des questions, vérifié deux, trois choses. (Il la fixa intensément.) Je sais à quel point cette bourse est importante pour toi. Je te promets de tirer cette affaire au clair.

– Merci, lui dit Selena, sincèrement. Mais tu as assez de problèmes comme ça. Je ne veux pas que tu t'inquiètes pour moi.

– Bah, dit-il avec un grand sourire. Les amis sont là pour ça, non ?

***

Selena jeta un coup d'œil à l'horloge avec impatience. Elle avait hâte d'entendre la sonnerie. Leur prof d'histoire continuait à disserter. Elle ne l'écoutait pas ; elle ne pensait qu'à sa conversation avec Jake et Katy.

Pourquoi Jake était-il aussi convaincu que Danny était le harceleur ? Cela paraissait presque lui faire plaisir. Que savait-il exactement ? Avait-il des preuves ?

– Selena ? Hou-hou ? chuchota Katy.

Selena se tourna vers son amie, assise à côté d'elle au dernier rang de la classe. Elle acquiesça et attrapa son stylo pour prendre des notes.

Mais l'attention de Selena ne tarda pas à se reporter sur Danny et Jake.

« Peut-être que Jake se monte la tête, pensa-t-elle, maussade. Il *voudrait* que Danny soit le harceleur. Il n'a sans doute pas la moindre idée de qui c'est. »

Elle mordilla son stylo. « C'est gentil à Jake de vouloir m'aider. Mais c'est à moi d'identifier ce tordu. Je ne peux pas laisser Jake démêler cette histoire à ma place. »

Elle vit Katy la surveiller du coin de l'œil. Elle s'empressa de prendre des notes pour masquer sa nervosité.

« Je trouverai peut-être un indice à l'auditorium, se dit-elle. Un truc qui me mettra sur la piste. »

La sonnerie annonçant la fin des cours fit sursauter Selena.

Elle savait ce qui lui restait à faire.

« Pourquoi n'y ai-je pas pensé plus tôt ? » se reprocha-t-elle en sortant de la classe. Elle était à mi-chemin de l'auditorium quand Katy la rattrapa.

– Selena, attends ! Tu veux que je te dépose chez toi ?

– Merci, Katy. Mais j'ai un truc à faire d'abord. Je rentrerai en bus.

– Tu es sûre ? Ça ne m'ennuie pas de t'attendre.

Selena hésita. Devait-elle confier à Katy ce qu'elle projetait de faire ? Cette idée la mettait un peu mal à l'aise. Fouiller dans les affaires des autres...

– Non, rentre, dit-elle finalement.

Après s'être assurée qu'il n'y avait personne pour la voir, Selena se glissa dans l'auditorium. « Je ne fouille pas, je fais simplement ce qu'il faut pour me protéger. »

Elle grimpa sur la scène et regarda autour d'elle. Tout paraissait normal. Elle s'approcha de l'endroit où l'on nouait les cordons des rideaux et n'y vit rien d'anormal non plus.

Elle soupira. Puis elle poussa la porte des coulisses et se rendit dans la salle des casiers. Là où les acteurs et les membres de l'équipe technique laissaient leurs affaires personnelles. Elle y trouverait peut-être quelque chose – n'importe quoi – qui lui permettrait de remonter jusqu'au taré qui la menaçait.

Elle inspecta la pièce. Il y avait sur une table un tas de costumes et d'accessoires. Elle s'approcha des casiers métalliques, que personne ne fermait jamais à clé.

Elle ouvrit le premier et le trouva vide, à l'exception d'un bandeau blanc qu'elle croyait avoir perdu. Elle le ramassa machinalement et le fourra dans sa poche.

Le deuxième casier appartenait à Alison. Il était vide aussi.

– C'est ridicule, dit Selena à haute voix. Je ne sais même pas ce que je cherche.

Elle ouvrit encore deux casiers au hasard, qu'elle referma rapidement. Ils ne contenaient que quelques vêtements de rechange.

Selena traversa la pièce pour consulter le tableau d'affichage en liège. La liste d'attribution des casiers était punaisée dans un coin. Elle la consulta brièvement avant de retourner à sa fouille.

À vrai dire, elle n'était venue là que pour une raison. Inspecter le casier de Danny. Elle n'avait aucune preuve qu'il soit le harceleur. L'idée lui trottait pourtant dans la tête. Et Jake n'arrêtait pas de répéter que c'était lui.

Il fallait qu'elle en ait le cœur net.

Casier numéro 111.

Selena le contempla longuement, tenaillée par les scrupules. Elle inspira profondément, puis l'ouvrit d'un coup.

Au début, elle crut que le casier était vide. Elle commença à refermer la porte.

Puis elle aperçut quelque chose coincé dans le fond. Un petit carré de papier brillant. Elle se pencha pour l'attraper. L'examina à la lumière.

Et lâcha une exclamation étouffée en reconnaissant ce qu'elle tenait.

Une page de stickers.

La plupart des autocollants avaient déjà été détachés. Il en restait néanmoins une douzaine au bas de la page. Des soleils orange.

Selena les fixa longuement, prise de vertige.

« Danny. C'était bien lui, en fin de compte. Danny. Danny. Danny. »

Dire qu'elle avait été si proche de lui, à une époque ! Qu'elle avait été amoureuse de lui !

Elle recula d'un pas. Elle avait les jambes en coton et la bouche sèche.

Elle relut le numéro. C'était bien le 111. Le casier de Danny.

Sa main se crispa sur les stickers. Son cœur battait à tout rompre.

« Ne tire pas trop vite de conclusions, se dit-elle. Assure-toi qu'il n'y a pas d'erreur. »

Elle retourna au tableau d'affichage pour vérifier le numéro de casier. Elle parcourut une nouvelle fois la liste rapidement. Là : Danny Morris, numéro 112.

« Hein ? Le 112 ? »

Elle avait ouvert le casier numéro 111 !

Elle relut la liste. Les noms et les chiffres se brouillaient sous ses yeux. Elle posa son doigt sur la ligne du 111.

Le fit glisser soigneusement jusqu'à la colonne des noms.

Et hoqueta de surprise.

Elle relut le nom avec attention. Deux fois.

Elle n'en revenait pas.

Le casier 111 était celui de Jake. Jake Jacoby.

C'était lui le harceleur.

20

Selena fixa la feuille de stickers, avant de se reporter à la liste des casiers. Pas d'erreur. Ils sortaient bien du casier de Jake.

Elle était sidérée. Comment était-ce possible ?

Elle connaissait Jake depuis toujours ! Ils étaient amis depuis le jardin d'enfants ! Comment avait-il pu lui écrire ces mots épouvantables ? Comment avait-il pu la menacer ainsi ?

Pourquoi voudrait-il la menacer, d'ailleurs ?

Avait-il vraiment tenté de lui faire du mal ? Renversé cette armoire sur Alison ? Fait tomber ces projecteurs sur la scène ? Essayé de l'écraser dans ce tunnel ?

« Non ! aurait voulu hurler une part de Selena. Non, non, non ! »

Jake ne ferait jamais ce genre de choses. Jamais il ne s'attaquerait à elle. Il n'y avait pas une once de méchanceté en lui.

Mais dans ce cas, pourquoi y avait-il ces autocollants dans son casier ?

« Si c'est Jake, ça veut dire que je ne le connais pas du tout. Et que c'est un grand malade. »

Elle glissa la planche de stickers dans son sac à dos en frissonnant. Puis elle quitta les coulisses et sortit sur le parking derrière le lycée.

Le ciel s'était assombri. Selena jeta un coup d'œil à sa montre et constata que ses fouilles lui avaient pris plus de temps qu'elle ne l'avait cru. Elle avait raté le bus, or les passages étaient moins fréquents à cette heure-là. Il fallait attendre une heure avant de voir arriver le prochain.

« Tant pis, pensa-t-elle. Je n'ai plus qu'à rentrer à pied. »

Cela représentait une longue marche, mais cela lui fournirait l'occasion de réfléchir.

Elle parcourut Park Drive en tâchant de faire le point sur la situation.

Pourquoi Jake s'en prenait-il à elle de cette façon ?

Elle repensa à son attitude vis-à-vis de Danny. Serait-il jaloux ? Jaloux de ce que Danny avait représenté pour Selena ?

« S'il veut sortir avec moi, pourquoi ne me l'a-t-il jamais demandé ? »

Cela n'avait aucun sens.

« Il a peut-être une excellente raison de garder ces stickers dans son casier », se rassura-t-elle tant bien que mal.

Quand elle arriva chez elle, Selena était parvenue à une décision. Elle allait appeler Jake et lui raconter ce qu'elle avait trouvé. Elle exigerait une explication, et il lui en fournirait une.

Toute simple. Du moins, l'espérait-elle.

Elle jeta son sac à dos sur son lit et tendit la main vers le téléphone. Mais il se mit à sonner avant qu'elle ne décroche. Elle sursauta.

– Allô ? aboya-t-elle dans le combiné.

– Salut, Selena, fit la voix de Katy. Quoi de neuf ?

– Oh, c'est toi, grommela Selena.

– Il y a un truc qui ne va pas ?

– Tu te souviens de notre discussion avec Jake à propos du harceleur ? Quand Jake a dit qu'il allait prouver que c'était Danny ?

– Oui ? l'encouragea Katy.

– Eh bien, je me suis dit que ce n'était pas à Jake de mener l'enquête à ma place. Alors j'ai fouillé un peu de mon côté.

– Et... ?

– Et je... j'ai fait un tour dans les coulisses après les cours, avoua Selena. J'ai regardé dans les casiers. Et j'ai trouvé une planche entière de stickers soleil.

Katy lâcha un cri de stupeur.

– Comme ceux qui étaient sur les messages ?

– Exactement. Il en manquait la moitié.

– Waouh ! souffla Katy. Alors ça prouve que c'est bien Danny.

– Ce n'est pas lui, enchaîna Selena. Ils n'étaient pas dans *son* casier.

Elle sentit sa voix chevroter et inspira profondément pour garder son sang-froid.

– Ah bon ? Dans le casier de qui, alors ?

– De Jake. Je les ai trouvés dans le casier de Jake.

Pendant un moment, Katy ne dit plus rien.

– Tu rigoles, finit-elle par répondre. Je ne le crois pas !

– Moi non plus, je ne voulais pas y croire, reconnut Selena. Et pourtant, c'est vrai.

– Jake ne ferait jamais un truc pareil, protesta Katy. Il adore faire des blagues, mais elles ne sont jamais méchantes.

– Je ne vois qu'une seule explication possible, dit Selena. C'était vraiment une blague, pour lui. Une blague qui a très mal tourné.

– Tu parles, grommela Katy. Alison s'est quand même retrouvée à l'hôpital. Et j'ai encore le bras tout bleu à cause de ces fichus projos.

– C'est pour ça que je pense qu'il s'agissait d'une blague. Jake ne ferait pas de mal à une mouche. Tu le sais aussi bien que moi. Il s'agissait forcément d'un accident, les deux fois. Je suis sûre qu'il ne voulait blesser personne.

– Et le coup du sumac vénéneux ? insista Katy.

– Peut-être qu'il ne savait pas que c'en était ? (Selena soupira.) Pas très convaincant, hein ? C'est juste que je n'ai pas envie que ce soit lui.

– Je comprends. Moi non plus.

– De toute façon, il faut lui laisser une chance de s'expliquer, tu ne crois pas ?

– Hmm... Tu devrais d'abord en parler à quelqu'un. À M. Riordan, ou même à la police.

– Non ! s'écria Selena. Je ne veux pas qu'il ait d'ennuis. Si c'est lui qui a blessé Alison, même involontairement, il sera renvoyé du lycée. Ou pire. Je ne peux pas lui faire ça !

– Selena, ça peut arriver à tout le monde, de traverser une période de fragilité mentale, plaida Katy. Peut-être que Jake a besoin d'aide. Peut-être qu'il devrait consulter un spécialiste.

– Je ne pense pas qu'il soit malade. À mon avis, il voulait simplement me faire une blague !

– Ah oui ? C'est pour ça qu'il est toujours de mauvaise humeur, en ce moment ? rétorqua Katy. En plus, il n'arrête pas de chercher la bagarre avec Danny. Tu l'as bien vu, l'autre soir, il s'est carrément jeté sur lui !

Selena ne sut pas quoi répondre. Katy avait raison : Jake n'était plus lui-même, ces derniers temps. Et les relations s'étaient sérieusement envenimées entre Danny et lui.

– Quand même, je n'arrive pas à croire... commença-t-elle. (Puis il y eut un signal dans le combiné.) Attends une minute, Katy.

Elle pressa le bouton du double appel.

– Selena ? lança une voix familière. C'est Jake.

Selena sentit sa gorge se nouer. Elle repensa à l'échange qu'elle venait d'avoir avec Katy. Et si Jake ne plaisantait pas ?

– Selena ? Tu es là ?

– Salut, Jake, parvint-elle enfin à répondre.

– Il faut que je te voie, dit-il.

Il paraissait impatient. Presque désespéré.

– D'accord, répliqua Selena. Ça tombe bien, moi aussi, j'ai un truc à te dire.

– En tête à tête, précisa Jake. Dès que possible.

Selena sentit son pouls s'emballer.

– On ne peut pas en discuter au téléphone ?

– Non, c'est trop compliqué. S'il te plaît, petite lune. C'est important.

– Jake, je suis au courant pour les stickers, bredouilla Selena.

– Quoi ?

– Je les ai trouvés, Jake. Dans ton casier dans les coulisses.

Elle l'entendit soupirer à l'autre bout de la ligne.

– Je peux tout t'expliquer, lui assura-t-il. J'ai découvert la vérité au sujet du harceleur, Selena. Je suis au lycée en ce moment. Retrouve-moi à l'auditorium, d'accord ?

– Jake, pourquoi ne pas me dire simplement...

– Non ! la coupa-t-il. Il faut que je te montre quelque chose. Rejoins-moi sur place, Selena. Tout de suite.

– Enfin, Jake...

– Je t'attends, conclut-il.

Et il raccrocha.

Elle revint sur l'autre ligne.

– Katy ?

– Qu'y a-t-il ? s'inquiéta aussitôt son amie. Tu as une voix bizarre.

– C'était Jake. Il m'a demandé de le retrouver au lycée. Tu veux bien venir avec moi ?

– Tu veux dire maintenant ?

– Oui.

– D'accord, répondit Katy. Je passe te prendre dans dix minutes.

– Merci, souffla Selena.

Elle se servit un verre d'eau glacée au réfrigérateur. Puis elle enfila son blouson et attendit l'arrivée de Katy. Elle était plantée devant la fenêtre quand le téléphone sonna de nouveau.

– Selena ? dit Katy à l'autre bout du fil. Je suis vraiment désolée, mais je ne peux pas venir. J'avais oublié : ma mère est partie avec ma voiture car la sienne est au garage. De toute façon, j'avais promis de rester à la maison pour réceptionner un colis.

– Ça ne fait rien, répondit Selena en s'efforçant de masquer sa déception. Je vais prendre le bus.

– Je me sens mal, de te lâcher comme ça.

– Ne t'en fais pas. Je peux me débrouiller toute seule avec Jake.

– OK, approuva Katy à contrecœur. Appelle-moi dès que tu rentres, promis ?

– Promis. Ne t'inquiète pas. Jake a dit qu'il pouvait tout m'expliquer. Tout ira bien.

Selena tâcha de rester calme pendant le trajet en bus jusqu'au lycée. Elle inspirait profondément, regardait défiler les voitures et les boutiques, et faisait de son mieux pour se changer les idées.

En vain. Elle n'arrêtait pas de repenser aux stickers. Aux menaces. À Jake.

Il avait été si insistant, au téléphone. Il tenait tellement à la voir en personne. Était-ce véritablement pour lui montrer quelque chose ?

Ou parce qu'il voulait tenter de lui faire du mal, une fois de plus ?

Elle colla sa tête contre la vitre et repensa à cette bagarre épouvantable entre Jake et Danny. « J'aurais peut-être dû me montrer plus attentive à son comportement, se reprocha-t-elle. J'aurais pu être une meilleure amie, être plus à l'écoute. »

Selena consulta sa montre avec nervosité. Le bus marqua un arrêt dans la rue de son lycée, et elle descendit.

La nuit était froide et sans lune. Selena frissonna avant de remonter la fermeture Éclair de son blouson.

Elle observa les alentours. Il restait quelques voitures sur le parking des professeurs, mais personne en vue.

L'auditorium se trouvait au fond du grand bâtiment. Des lumières allumées sur le devant indiquaient la présence du gardien près du secrétariat.

La porte des coulisses était maintenue entrebâillée au moyen d'une brique. Il faisait noir à l'intérieur.

« Dommage que Katy n'ait pas pu venir », regretta soudain Selena.

Elle ne pouvait plus faire machine arrière, à présent. Elle allait devoir entrer. « Jake est mon ami, se rassura-t-elle. Peut-être même mon plus vieil ami. Il ne me ferait jamais de mal. C'est impossible. »

Elle chercha l'interrupteur à tâtons sur le mur, et alluma.

– Jake ? appela-t-elle. Jake, tu es là ?

Pas de réponse. Seulement l'écho de sa voix contre les murs de l'auditorium.

« Pff ! il n'est même pas là. C'est peut-être encore une de ses blagues. Si ça se trouve, il est chez lui, en train de rigoler en se demandant combien de temps je vais l'attendre. »

– Jake ? appela-t-elle de nouveau, plus fort cette fois.

Toujours pas de réponse.

Elle commença à se détendre.

Elle s'avança dans l'auditorium et alluma la lumière dans la salle. Tous les sièges étaient vides.

– Très drôle, Jake, dit-elle à voix haute. Qu'est-ce qu'on s'amuse, avec toi !

Elle retourna sur la scène. Quelqu'un avait laissé un script sur un tabouret près de la porte des coulisses.

Elle l'attrapa et lut le nom griffonné sur la première page.

C'était celui de Jake.

Donc, il était bien venu. Se trouvait-il encore dans l'auditorium ? S'agissait-il d'un piège ?

Toutes les craintes de Selena revinrent d'un seul coup.

– Jake ? appela-t-elle d'une voix hésitante. Où es-tu ?

Elle scruta les recoins de la scène mais ne vit que des accessoires et quelques costumes.

« Il est peut-être dans la salle des casiers », pensa-t-elle. Elle poussa la porte des coulisses et passa la tête à l'intérieur. La pièce semblait vide.

« Il a dû oublier son script cet après-midi. » Au fond, cela n'avait pas d'importance. La seule chose qu'elle voulait, désormais, c'était rentrer chez elle et oublier cette drôle de journée.

Elle retourna à l'entrée. Elle était sur le point d'éteindre la lumière quand un détail retint son attention.

Un petit tas de vêtements sous l'échelle de la passerelle.

« Bizarre. Qui a laissé un costume traîner par terre ? »

Intriguée, Selena s'approcha pour regarder de plus près.

Et retint son souffle.

Ces vêtements ne paraissaient pas naturels. Ils n'auraient pas dû être aussi raides.

Puis elle remarqua une paire de tennis. Et un jean.

Ce n'était pas un costume. Non, pas un costume.

Mais une personne affalée sur la scène. Dans une position incongrue.

Les bras repliés sous le corps. La tête inclinée sur le côté. Une jambe complètement tordue.

On aurait dit un pantin désarticulé.

Qui la regardait d'un œil vitreux.

– Jake ?

Le nom s'échappa de ses lèvres dans un murmure.

– Jake !

21

— Il est tombé de la passerelle, expliqua Selena, hébétée. (Les mots n'avaient pour elle aucun sens, aucune logique.) Il s'est cassé le cou. La police a dit que c'était un accident.

— Je n'arrive pas à le croire... (La voix de Katy tremblait à l'autre bout de la ligne.) Qu'est-ce qu'il fabriquait sur la passerelle ?

— On ne sait pas, répondit Selena.

Puis elle ajouta dans un murmure :

— Et on ne le saura jamais.

Elle frémit en se rappelant le regard mort, éteint, que Jake levait vers elle. Elle se souvint d'avoir crié et de s'être arraché les cheveux. Pendant combien de temps ? Impossible à dire. Le gardien du lycée l'avait trouvée pelotonnée contre le mur à proximité du corps.

– Oh, Selena ! soupira Katy. Je me sens tellement mal. J'aurais dû être avec toi quand tu l'as trouvé. Je...

La fin de sa phrase se perdit dans un sanglot.

– Je... Je vais devoir raccrocher, bredouilla Selena. Il fallait que je t'appelle, Katy. Je sais qu'il est tard, mais la police m'a retenue pendant des heures.

– Je me fiche pas mal de l'heure qu'il est ! s'écria Katy. Ta mère est à la maison ?

– Non. Elle travaille. Je le lui annoncerai quand elle rentrera. Ça va lui flanquer un coup, à elle aussi.

– Tu veux que je vienne ? proposa Katy. Tu ne devrais pas rester seule.

– Non, ça ira, déclina Selena. Merci quand même.

Katy insista, d'une toute petite voix :

– Tu es sûre ?

– Oui. Merci. Et bonne nuit.

– À demain, murmura Katy.

Selena raccrocha et contempla le combiné. « Est-ce que j'arriverai à retrouver une vie normale après ça ? À me faire à l'idée que Jake ne sera plus jamais là ? Au moins, je n'ai plus besoin d'avoir peur. Le harceleur est mort. Jake. Jake. Jake... » Son nom revenait en boucle dans sa tête.

« Jake, pourquoi a-t-il fallu que tu me menaces ? Pourquoi me détestais-tu à ce point ? »

***

On avait repoussé les répétitions de la pièce à la fin de la semaine. Selena n'était pas allée en cours pendant quelques jours. Sa mère lui avait dit de prendre le temps de se remettre au lieu de faire comme si tout allait bien. Mais au moment de pénétrer dans l'auditorium le vendredi après-midi, Selena eut une drôle de sensation, comme si elle n'était qu'une intruse.

« Qu'est-ce qui me prend ? Je me suis toujours sentie à l'aise sur scène. Pourquoi pas aujourd'hui ? »

Les autres aussi paraissaient un peu étranges. Même Danny se montra moins pénible que d'habitude.

– Salut, Selena, dit-il doucement. Je suis désolé pour Jake. Je sais que vous étiez proches, tous les deux.

– Merci, Danny, murmura Selena.

– Comment te sens-tu ? lui demanda Katy d'un air compatissant.

– Horrible. Je n'arrive toujours pas à croire que Jake m'ait voulu du mal. Je regrette...

Je regrette de ne pas avoir eu l'occasion de lui parler avant le... l'accident.

– Je sais, dit Katy. Je n'arrête pas de repenser à notre enfance. Tu te souviens de cette cabane dans l'arbre, derrière la maison de Jake ? On était toujours fourrés ensemble, à cette époque. Inséparables.

– Je m'en souviens, répondit Selena. On rigolait bien, tous les trois.

– Votre attention, s'il vous plaît ! réclama M. Riordan.

Une fois tous les élèves rassemblés autour de lui, il s'éclaircit la voix et les dévisagea gravement.

– Notre petite famille théâtrale a subi une terrible perte, annonça-t-il avec des accents mélodramatiques. Jake nous manquera. Mais – et je suis sûr qu'il aurait été le premier à en convenir – *the show must go on !*

« Vraiment ? se demanda Selena. Faut-il vraiment que le spectacle continue, quoi qu'il arrive ? »

M. Riordan leur demanda de se mettre en place. Selena prit une grande inspiration et se prépara à dire son texte.

Mais cela ne fonctionnait pas. Quand Danny prononçait les paroles de Roméo, elle voyait le visage de Jake. Quand le garçon qui avait repris son rôle déclamait ses répliques, elle imaginait Jake à sa place.

Elle se retira dans les coulisses pendant la pause. Et se demanda pourquoi Eddy n'était pas là.

Selena ne lui avait plus reparlé depuis la mort de Jake. Elle ne lui avait pas dit que Jake était le harceleur.

Elle ne voulait plus y penser.

Katy vint s'asseoir sur la table chargée d'accessoires. Elle semblait particulièrement abattue.

– Ça va ? demanda-t-elle à Selena. Qu'est-ce que tu fais là ?

Celle-ci se renfrogna.

– Je n'arrive pas à rentrer dans la pièce, avoua-t-elle.

– Je comprends. Moi, je me suis trompée trois fois sur le changement d'éclairage. Je crois que le régisseur a envie de me tuer.

– J'ai beau me dire que le spectacle doit continuer, enchaîna Selena, je n'arrive pas à comprendre pourquoi. Pourquoi faudrait-il absolument monter cette fichue pièce ? Jake est mort ! C'est quand même plus important, non ? J'aurais dû m'en rendre compte plus tôt. Peut-être qu'il serait encore en vie.

– Tu n'y es pour rien, lui assura Katy d'une voix douce.

– C'est plus fort que moi ! s'écria Selena. Je comprends, maintenant. Quand Jake m'écrivait ces mots, c'était pour que j'arrête de prendre le théâtre autant au sérieux. Je ne pensais qu'à ça !

Katy hocha la tête.

– Peut-être bien.

– Il se disait sans doute que, s'il réussissait à me faire peur, je laisserais tomber. Mais je n'ai pas voulu en démordre. J'aurais mieux fait de l'écouter.

– S'il vous plaît ! appela M. Riordan sur la scène. Selena ? Où est Selena ?

L'intéressée s'avança vers le rideau. Elle ne savait pas si elle aurait la force d'aller au bout de cette répétition. Chaque fois qu'elle repensait à Jake, elle avait envie de pleurer. « Aucune pièce ne vaut la peine qu'on meure pour elle, pensa-t-elle. Aucune bourse ne pourra jamais effacer la perte d'un ami. »

Elle s'arrêta et se tourna vers Katy.

– Tu sais quoi ? Je viens de prendre une grande décision.

22

– Monsieur Riordan ? dit Selena. J'ai quelque chose à vous dire. C'est important.

La répétition venait de s'achever, et le professeur rangeait son script dans une serviette en cuir.

– Pas maintenant, Selena, répondit-il en se redressant. Je suis déjà en retard.

– Ça ne sera pas long, promit la jeune fille.

– Désolé, s'excusa M. Riordan en marchant à grands pas vers la porte. Viens me voir demain matin. Tu as été formidable, ce soir !

– Mais...

– À demain.

Avec un petit salut de la main, M. Riordan disparut par la porte.

– Alors ? Tu lui as dit que tu comptais abandonner la pièce ?

La voix de Katy surprit Selena. Elle n'avait pas entendu son amie approcher.

— Non, répondit-elle d'un air maussade. Il était hyper pressé. (Elle passa sa main dans ses cheveux.) Je n'en peux plus, Katy, gémit-elle. Je suis tellement nerveuse ! Je devrais me sentir plus en sécurité à présent que le harceleur n'est plus là, non ? Sauf que, maintenant, j'ai l'impression qu'il n'y a plus rien qui va.

— Je crois que tu as fait le bon choix, l'encouragea Katy. Te détacher de tout ça va te faire du bien. Ça va te permettre d'oublier un peu Jake.

— Je suppose, bougonna Selena. Si seulement j'avais pu le dire à M. Riordan ce soir...

— Lui dire quoi ? demanda une voix.

Selena se retourna brusquement et découvrit Danny debout derrière elle. Au lieu de son petit sourire narquois habituel, il affichait une expression soucieuse.

— Waouh ! Danny, dit Selena. Tu m'as fait sursauter.

— Je vous ai vues toutes les deux, alors je suis venu voir de quoi vous parliez, expliqua-t-il. Je t'ai trouvée excellente, ce soir, Selena.

— Danny, s'il te plaît... commença Selena.

— Non, vraiment, insista-t-il. Et je te trouve très courageuse de continuer. Après ce qui est arrivé à Jake, je veux dire.

— Ouais, tu parles, marmonna-t-elle.

— Que voulais-tu dire à M. Riordan, alors ?

– Rien, répondit Selena en baissant les yeux.

– Dis-lui, Selena, intervint Katy. Il finira bien par l'apprendre, de toute manière.

– Tu as raison. (Selena prit une grande inspiration.) Je quitte la pièce, annonça-t-elle.

Danny en resta bouche bée. Il la dévisagea en plissant les paupières.

– Tu rigoles, j'espère ?

– Non, lui assura Selena. C'est très sérieux. Je crois que c'est ce que Jake aurait voulu.

– Tu es folle ? s'exclama le garçon. Tu vas renoncer à *Roméo et Juliette* à cause d'un accident ?

Selena acquiesça, un peu interloquée par la réaction de Danny.

– Oh, j'ai compris, dit-il sur un ton venimeux. Tu ne supportes pas ça, hein ? De ne plus être au centre de l'attention. Depuis la mort de Jake, on ne parle plus que de lui, et pas de toi. Alors, il faut que tu fasses quelque chose, n'importe quoi, pour ramener la lumière sur toi.

Selena ouvrit des yeux ronds. Elle avait le sentiment d'avoir été giflée.

– C'est ignoble, de dire ça ! Espèce de sale petit...

– C'est la vérité ! insista Danny avec amertume.

– Fiche-lui la paix, Danny ! s'écria Katy.

– Et pourquoi donc ? explosa-t-il. C'est tout elle ! Il faut toujours qu'elle soit la vedette.

On ne peut pas jouer sans elle. Mais la pauvre chérie est toute chamboulée. Elle a trop peur pour continuer. Eh bien, tu sais quoi, Selena ? Tout le monde commence à en avoir marre, de ton égoïsme. Si tu abandonnes, tu feras du mal à beaucoup de gens.

Selena le dévisagea avec stupeur, les larmes aux yeux. Elle ne s'attendait pas du tout à être accablée de reproches. Elle n'avait même pas réfléchi à ce qui se passerait si elle se retirait.

– Mais tu t'en fiches pas mal, des autres, n'est-ce pas ? poursuivit-il. Tout ce qui compte, c'est toi. Ce qui te fait du bien à *toi*. Ce qui est important pour *toi*. Tu as vraiment changé...

– Tu vas la laisser tranquille, oui ? cria Katy en l'empoignant par le col de son blouson.

Mais il l'ignora. Il continua à fusiller Selena du regard.

– Sais-tu ce qui arrivera, si tu quittes la pièce ? Elle sera annulée, purement et simplement ! Personne d'autre ne peut jouer Juliette, à part Alison, sauf qu'elle doit encore porter une minerve ! Tout le travail qu'on a fourni jusqu'ici sera fichu en l'air. À cause de toi.

– Ça suffit ! cria Katy. Tu ne vois pas dans quel état tu la mets ? Elle veut laisser tomber ! Ce n'est pas sa faute s'il n'y a pas d'autre Juliette !

– Et tous les camarades qui jouent aussi dans la pièce ? insista Danny. Pour certains d'entre nous, c'est notre dernière occasion de monter sur les planches. On ne va pas tous faire des études de théâtre, tu sais ?

Selena en avait le tournis, elle n'avait pas songé une seconde à tout cela. Elle savait seulement à quel point Jake lui manquait.

Elle se tourna vers Katy, plantée devant Danny tel un bulldog.

– Il a raison, dit-elle doucement. Je ne peux pas renoncer maintenant. Ça ferait du tort à trop de monde. Je n'avais pas pensé à ça.

– Mais... commença Katy.

– Ça va aller, lui assura Selena. Je peux le faire. Ça ne me tuera pas, de jouer cette pièce.

***

Selena contempla les chiffres lumineux sur son horloge digitale. Il était 3 h 02. Elle s'étira en bâillant. Quelque chose l'avait réveillée. Un bruit.

Elle tendit l'oreille. On n'entendait plus rien, désormais.

Elle se retourna dans son lit mais ses yeux refusaient de se fermer.

« Je vais boire un verre d'eau », décida-t-elle. Cela l'aidait toujours à se détendre. Elle descendit dans la cuisine sur la pointe des pieds. Elle but quelques gorgées d'eau fraîche à la bouteille. Elle était sur le point de la replacer dans le frigo quand un détail attira son regard.

Un petit triangle blanc.

Qui dépassait sous la porte extérieure.

Un bout de papier.

Un nouveau message !

« Ne sois pas ridicule. Ça ne peut pas venir du harceleur. Puisque c'était Jake et qu'il est mort. »

Gagnée par la crainte, elle se pencha pour ramasser le papier.

Elle le souleva dans la lumière qui s'échappait du réfrigérateur encore ouvert.

Quand elle vit les mots écrits dessus et le sticker soleil en guise de signature, elle sut que le harceleur était toujours en vie.

23

Chère Selena,

Surprise !
Tu pensais avoir tout compris.
Mais en fait, tu avais tout faux.
Jake avait deviné, lui. C'est pour ça qu'il devait mourir.
Je continue de t'observer dans l'ombre. Je serai dans le public lors de la grande répétition en costumes.
Pauvre Juliette. Sa mort est si horrible.
Pauvre Selena également.

Le Soleil

Selena tourna et retourna le message entre ses mains. Elle retint son souffle le temps que son corps cesse de trembler.

Puis elle vérifia que la porte de la cuisine était bien fermée, mit la chaînette et donna un tour de clé dans la serrure. Avant de jeter un coup d'œil dans le jardin.

Les arbres de la forêt de Fear Street jetaient des ombres longues et sinistres sur la pelouse. Se trouvait-il là, quelque part ? Le Soleil était-il caché dans les bois, en train de l'épier ?

Elle se détourna de la fenêtre en frissonnant.

Elle repensa au dernier coup de téléphone de Jake. Cela paraissait remonter à une éternité.

« Retrouve-moi à l'auditorium », lui avait-il dit. « J'ai découvert la vérité au sujet du harceleur. »

Ce qu'il avait trouvé avait causé sa mort.

Le Soleil l'avait tué.

Le Soleil ne plaisantait pas. C'était un meurtrier.

Et à présent, il avait l'intention d'éliminer Selena.

« Je ne me dégonflerai pas, se promit-elle. Je vais jouer cette pièce jusqu'au bout, pour Jake. Je trouverai qui est le Soleil, et je le ferai arrêter. »

***

Le Soleil avait promis d'être là pour la répétition en costumes. Alors Selena décida de le chercher dans le public. Peut-être se trahirait-il d'une manière ou d'une autre.

« Je devrais avoir peur, pensa-t-elle en boutonnant le chemisier à col droit de son costume. Mais non. Je suis trop furieuse pour ça. Le Soleil est là, quelque part. Et je découvrirai qui c'est. »

– Selena ? fit une voix familière, l'arrachant à ses pensées.

– Oh, salut, Alison.

– Comment ça se passe ? lui demanda son amie. Tu as besoin d'aide, avec tes cheveux ?

Alison portait la combinaison noire d'une machiniste, avec une écharpe pour masquer sa minerve.

– J'ai pratiquement fini, répondit Selena. Il me manque juste un peu de laque.

– Je te dis m... souffla Alison. Je sais à quel point cette répétition doit être éprouvante, pour toi.

– Merci, répliqua Selena avec un sourire. Mais le spectacle doit continuer, pas vrai ?

Elle termina de se coiffer, puis rejoignit M. Riordan et les autres dans un coin des coulisses.

– Nous avons du public, ce soir, leur annonça le professeur. J'ai invité un certain nombre de mes collègues, ainsi que l'équipe de football au grand complet.

– Vous rigolez ? demanda Katy en riant.

– Ça m'a semblé une bonne idée, se justifia-t-il. Un bon moyen de remplir la salle en cette fin d'après-midi.

Selena jeta un coup d'œil derrière le rideau. La moitié des sièges étaient occupés ; elle n'avait encore jamais vu de public aussi important pour une répétition en costumes.

« Comment faire pour repérer le Soleil, parmi cette foule ? » se demanda-t-elle en scrutant les visages.

– Je te dis m... Selena, lui chuchota une voix rauque à l'oreille.

Elle pivota et découvrit Eddy qui lui souriait, les yeux brillants.

– Merci, murmura-t-elle. Tu ne restes pas pour nous regarder ?

– Je voudrais bien, dit-il en effaçant son sourire. Je suis sûr que tu vas être épatante. Mais j'ai un cours cet après-midi.

– Dommage. J'aurais aimé que tu sois là. Je me sens tellement nerveuse.

– Je sais que la mort de Jake a été un coup dur, dit-il. Mais ne laisse pas cela affecter ta performance. Tu es trop bonne pour ça.

Selena le dévisagea. Elle ne voulait pas qu'il parte. Elle avait besoin de lui parler. Elle avait besoin qu'il soit dans la salle, en train de la regarder.

– Tout le monde en place ! leur cria M. Riordan.

Eddy s'empressa de quitter la scène. Les autres acteurs se rassemblèrent autour de Selena. Elle se calma en inspirant profondément plusieurs fois.

« Je suis prête. »

Prête à devenir Juliette.

« Pour la dernière fois, lui souffla une petite voix dans sa tête. Sauf si tu parviens à identifier le Soleil. »

– Rideau ! ordonna M. Riordan.

La répétition se déroula sans accroc. Après être entrée dans son rôle, Selena oublia complètement le Soleil et ses appréhensions. Comme chaque fois qu'elle jouait, elle laissa de côté ses préoccupations pour entrer pleinement dans son personnage. Dans la peau de Juliette.

Même le fait que Roméo soit interprété par Danny Morris ne vint pas interférer dans sa performance. Quand elle jouait, elle *devenait* Juliette, passionnément amoureuse de Roméo.

Elle était vaguement consciente de la présence du public, qu'elle entendait parfois rire ou murmurer. Quand le rideau tomba, des applaudissements retentirent dans l'auditorium.

Puis le rideau se releva.

Au moment de s'incliner, Selena s'imagina que Jake était sur scène à côté d'elle.

« Il aurait dû être là. Cette pièce, c'est pour lui. À partir de maintenant, je lui dédierai toutes mes performances. Je n'arrêterai jamais de jouer. Ma vie n'aurait aucun sens, sans le théâtre. »

Debout à côté d'elle, Danny lui prit la main et la serra. Elle voulut se libérer mais il la retint.

– Lâche-moi, siffla-t-elle entre ses dents.

Mais il refusa de l'écouter.

Dès que le rideau fut retombé, elle se dégagea d'un geste rageur.

– Fiche-moi la paix ! lui cria-t-elle.

– Hé, j'étais dans mon personnage, c'est tout ! protesta Danny.

– Oui ? Eh bien, la répétition est finie, là !

Elle s'éloigna d'un pas vif.

– Beau travail, lui lança M. Riordan en agitant son grand carnet. J'ai pris des notes pour tout le monde, je vous en parlerai demain après les cours.

Selena regagna directement la salle des casiers. Elle avait promis à sa mère de rentrer de bonne heure pour l'aider à la maison.

Ignorant les bavardages enthousiastes et les rires de ses camarades, elle se changea rapidement puis se mit en quête de son sac à dos. Ils les avaient tous entassés contre le mur du fond.

Selena les souleva les uns après les autres sans trouver le sien. « Je vais finir par rater mon bus. Où est-ce que j'ai bien pu mettre ce fichu sac ? »

– Oh, mince !

Elle venait de se souvenir qu'elle l'avait laissé dans son casier personnel à l'entrée du bâtiment.

– Hé, Selena... l'appela Katy.

– Pas le temps !

Selena s'élança dans le couloir et traversa tout le lycée au pas de course.

Elle arriva hors d'haleine devant son casier et l'ouvrit brusquement. Quel désordre ! Cela faisait des semaines qu'elle se promettait de le ranger.

Elle en sortit son sac, y fourra pêle-mêle ses livres et ses copies, puis claqua la porte du casier et le ferma à clé. Après quoi, elle courut attraper son bus.

Ce fut seulement après le dîner qu'elle prit le temps d'examiner le contenu de son sac, quand elle monta dans sa chambre pour faire ses devoirs. Il était tellement plein qu'elle ne trouva pas tout de suite ce qu'elle voulait.

Alors elle le vida entièrement sur son lit.

Son regard se posa sur l'enveloppe. Une enveloppe blanche marquée d'un sticker soleil dans un coin.

Encore un message.

Avec un grognement de dégoût, elle déchira l'enveloppe et lut rapidement le billet qu'elle contenait :

Chère Selena,

As-tu apprécié ma petite surprise ?
Je parie que tu ne t'attendais pas à ce que je tue quelqu'un d'autre. Une autre personne proche de toi. Au même endroit, en plus.
Tu aurais mieux fait de m'écouter. Mais tu as tenu à jouer quand même. Alors tu vois, ce n'est pas ma faute. C'est la tienne.
Je t'avais dit que je serais là, Selena. C'était le moment idéal pour éliminer quelqu'un.
Je serai là aussi le soir de la première. Ce sera le moment idéal pour te tuer.

Le Soleil

Selena contempla fixement ce message, le souffle coupé.

Quelqu'un d'autre s'était fait tuer ?

Qui ?

24

« C'était le moment idéal pour éliminer quelqu'un. Le moment idéal pour éliminer quelqu'un. »

Selena relut le message plusieurs fois, le cœur battant. Les mots se brouillaient devant ses yeux.

De quoi le Soleil parlait-il, en affirmant avoir tué quelqu'un ?

Il n'y avait pourtant pas eu d'autre accident ? Ni de victime ?

Elle s'obligea à se concentrer. Le Soleil affirmait avoir commis un nouveau meurtre dans l'auditorium, lors de la répétition en costumes, comme il avait tué Jake.

Mais cette répétition s'était terminée des heures auparavant.

Et tout s'était parfaitement déroulé.

– Oh, non ! gémit Selena, horrifiée, en réalisant ce qui s'était passé.

Le message... on l'avait glissé dans son casier à l'entrée du lycée, le harceleur ne pensait pas qu'elle y retournerait ce soir.

Elle n'aurait dû le trouver que le lendemain matin et n'était pas censée le lire avant cela.

Un frisson lui parcourut l'échine.

Le Soleil n'avait sans doute pas encore tué la personne dont il parlait. Il avait l'intention de le faire ce soir.

Selena se sentit mal. Quelqu'un courait un grave danger.

En ce moment même.

À cause d'elle.

« Il faut que je retourne au lycée ! Que je l'empêche d'agir avant qu'il ne soit trop tard. »

Puis une autre pensée lui vint, plus effrayante encore. Le Soleil parlait de s'en prendre à une personne proche d'elle. Cela ne laissait pas beaucoup de candidats.

Katy.

« Non, pas elle ! Je ne peux pas le laisser tuer Katy ! »

Elle décrocha le téléphone et composa le numéro de Katy. Elle entendit sonner une fois. Deux fois. Trois fois.

– Allez, Katy, décroche. Décroche !

Mais il n'y avait personne chez son amie.

« Elle est sans doute encore au lycée, en train de régler les éclairages, se dit Selena. Oui. C'est sûrement ça. Elle va tomber dans un piège. »

Elle attrapa son blouson et sortit de sa chambre.

Le téléphone sonna. Selena se jeta dessus. « Faites ce que soit Katy ! » pria-t-elle.

– Selena ? C'est Eddy.

– Eddy ! s'exclama-t-elle.

En temps normal, elle aurait été heureuse d'entendre sa voix. Mais pas là. Pas maintenant.

– Ça va ? s'inquiéta-t-il.

– Oui. Mais je n'ai pas le temps, là...

– On dirait que je tombe mal. Je n'en ai pas pour longtemps. Je t'appelais juste pour te dire que j'étais navré de ne pas avoir pu assister à la répétition cet après-midi.

– Ça ne fait rien, dit Selena, qui l'écoutait à peine.

– Comment ça s'est passé ?

– Quoi ? Oh, la répétition. Bien, bien, lui assura-t-elle avec impatience. Écoute, il faut vraiment que j'y aille...

– D'accord. Mais j'aimerais bien te voir. Tu es libre, ce soir ? Il est 19 heures, est-ce qu'on pourrait se retrouver à 20 heures ?

– Je... (Selena ne savait pas quoi répondre.) Je ne sais pas. J'ai un truc à faire, d'abord.

– Je peux peut-être t'aider ?

– J'aimerais bien, répondit Selena. Mais non. Je dois vraiment y aller, maintenant.

– Entendu, répondit Eddy d'une voix déçue. Mais...

– Désolée, le coupa Selena. À plus !

Et elle lui raccrocha au nez, se sentant un peu coupable... et effrayée. « J'aurais pu lui raconter ce qui se passe, pensa-t-elle. Sauf que je ne peux pas lui faire confiance. Je ne peux faire confiance à personne ! »

Elle ferma les yeux et s'efforça de se calmer.

« Katy. Katy est en danger à cause de moi. Je ne sais pas ce qui se prépare, mais je dois absolument l'empêcher. »

Elle attrapa son blouson et sortit en coup de vent.

***

Le parking du lycée de Shadyside était quasiment désert, à cette heure. Ne s'y trouvait plus que le van du gardien. Aucune lumière n'était allumée à l'intérieur du bâtiment.

Selena sortit une lampe de poche de son sac et traversa l'esplanade pour gagner l'arrière de l'établissement. La grande porte à double battant de l'auditorium apparut devant elle, sombre et menaçante.

Elle jeta un coup d'œil derrière elle. « Je me sentirais mieux s'il y avait d'autres voitures, se dit-elle. Le Soleil est-il déjà sur place ? En train de guetter sa victime ? »

Au moins, la voiture de Katy n'était pas là. « Peut-être qu'elle est rentrée chez elle, pensa Selena. Peut-être que l'équipe technique ne travaille pas, ce soir. »

La porte était fermée, mais pas verrouillée. Selena l'ouvrit et s'engouffra dans l'auditorium en faisant le moins de bruit possible. Elle alluma sa lampe et promena le faisceau lumineux autour d'elle.

Personne dans les rangées de sièges. Personne sur scène.

Katy se trouvait certainement sur la passerelle, en train de régler les projecteurs. Selena l'appela doucement :

– Katy ? Tu es là ?

Pas de réponse.

Puis un bruit lui fit pousser une exclamation de frayeur et lâcher sa torche.

Un cri étouffé. Qui provenait de derrière le rideau.

– Katy ? s'écria-t-elle. Katy ! Katy, c'est toi ?

25

– Katy ?

Toujours pas de réponse.

Selena agrippa le dossier d'un fauteuil et tendit l'oreille.

Le silence était total, à présent.

« Sauve-toi ! hurla une voix dans sa tête. Fais demi-tour et tire-toi d'ici ! »

Mais Katy était en danger à cause d'elle, se rappela-t-elle.

Avait-elle vraiment entendu quelqu'un crier derrière le rideau ? Elle devait en avoir le cœur net.

Elle ramassa sa lampe et la glissa dans la poche de son jean. Puis elle s'avança à travers l'auditorium plongé dans le noir. Il faisait si sombre qu'elle distinguait à peine la scène devant elle. Elle descendit l'allée centrale, osant à peine respirer, tous les sens aux aguets.

À pas de loup, Selena atteignit la scène et grimpa les marches. Elle passa la tête de l'autre côté du rideau et scruta l'obscurité.

Pendant un instant, elle envisagea d'allumer les projecteurs. Mais elle ne voulait pas donner un avantage au Soleil. Alors elle alluma plutôt sa petite lampe en plastique.

– Katy ? appela-t-elle d'une voix tremblante. Katy, c'est Selena !

Toujours rien.

Elle passa derrière le rideau. Retenant son souffle, elle braqua sa lampe vers les coulisses. Sans résultat.

Elle promena le faisceau lumineux sur la scène.

L'endroit était désert.

Pas un bruit. Pas un bruit...

Jusqu'à ce qu'elle parvienne au fond de la scène.

Là, elle perçut un petit gémissement ; si faible qu'il en était presque imperceptible.

– Katy ? appela-t-elle de nouveau. Où es-tu ?

Nouveau gémissement. Venu d'en haut ?

Selena releva le faisceau de lumière vers la passerelle. Mais sa torche n'était pas assez puissante pour éclairer aussi loin.

Au sommet de l'échelle en fer, se trouvait une petite cabine technique, qui débouchait sur la passerelle. Selena n'y était jamais entrée.

Son vertige l'avait toujours empêchée de monter à cette échelle.

Elle s'en approcha néanmoins. Et vit quelque chose luire doucement sur le sol.

Elle braqua sa lampe dans cette direction. Qu'est-ce que c'était que cette tache sombre, au bas de l'échelle ? On aurait dit une flaque.

Une flaque rouge foncé de la couleur du sang.

Selena sursauta quand un nouveau gémissement se fit entendre, au-dessus d'elle.

Un geignement de douleur.

Puis elle perçut des mots, très faibles, à peine audibles :

– Aidez-moi... s'il vous plaît... venez m'aider !

26

Selena leva les yeux vers la passerelle. C'était tellement haut qu'elle en eut froid dans le dos. L'échelle était si raide ! Elle montait carrément à la verticale.

Katy, elle, n'avait jamais eu peur de l'escalader.

Selena avait essayé, un jour. Jake l'avait mise au défi de le faire. Elle s'était arrêtée à mi-hauteur, prise de vertige, avant de redescendre en se cramponnant aux barreaux.

– Aaah !

Encore ce gémissement.

– J'arrive ! lança Selena.

Elle rangea sa lampe dans la poche arrière de son jean. Puis, empoignant l'échelle à deux mains, elle se mit à grimper.

Un barreau après l'autre.

« Ne regarde pas en bas. »

Elle continua à monter, de plus en plus haut. Elle sentait l'angoisse familière lui comprimer la poitrine. Les murs sombres lui donnèrent l'impression de tourbillonner autour d'elle. Elle s'arrêta un instant et ferma les yeux.

« Je ne vais pas pouvoir aller plus loin », pensa-t-elle.

« Il le faut, se reprit-elle aussitôt. Cette fois, tu n'as pas le choix. »

Elle se remit à monter.

Elle se sentait au bord de la nausée. Une sueur froide perlait sur son front.

« Ne pense pas à la hauteur. Concentre-toi sur les barreaux. Gravis-les l'un après l'autre. »

Après ce qui lui parut des heures, Selena parvint enfin tout en haut de l'échelle. Elle se cramponna solidement au dernier barreau avec sa main droite, et se servit de la gauche pour sortir sa lampe torche.

Le faisceau lumineux éclaira la cabine technique qui donnait sur la passerelle.

La porte en était fermée.

Selena ne vit aucun signe de Katy. Ni de personne d'autre.

– Katy ? appela-t-elle, en proie à la panique. Où es-tu ?

Silence.

Elle jeta un coup d'œil vers le bas. Une vague de vertige s'empara d'elle. Pendant un instant, elle sentit sa prise sur l'échelle se desserrer et fut convaincue qu'elle allait tomber.

« Il ne faut pas que je reste sur cette échelle. Une fois dans la cabine, je serai mieux pour décider quoi faire. »

Elle poussa la porte de la cabine avec sa main qui tenait la torche et se hissa à l'intérieur. Tremblante, elle claqua la porte derrière elle avant de s'adosser à la cloison.

La cabine était plongée dans le noir. D'abord, Selena ne vit rien du tout. Puis ses yeux s'habituèrent progressivement à l'obscurité. Un filet de lumière dessinait les contours d'une autre porte : celle qui débouchait sur la passerelle.

« Je suis en sécurité, maintenant, se dit Selena. Je m'occuperai plus tard de la façon dont je vais redescendre. »

– Katy ? murmura-t-elle dans le noir. Tu es là ?

Pas de réponse.

Elle ralluma sa lampe pour examiner l'intérieur de la cabine. Elle fut surprise de la trouver aussi remplie, avec des étagères chargées de matériel électronique, de pièces de rechange et autres rouleaux de câble.

Une grande armoire coupait la pièce en deux. Selena s'en approcha à quatre pattes. Elle entendit une sorte de grattement de l'autre côté.

– Hé ! s'exclama-t-elle. Qui est là ?

Un nouveau gémissement répondit à sa question.

Elle vint se plaquer contre l'armoire.

Tendit le cou.

Et se retrouva nez à nez avec Danny Morris.

27

Selena ouvrit la bouche, terrifiée, mais aucun son n'en sortit.

« Je suis coincée, réalisa-t-elle. Danny m'a tendu un piège ! »

Il la regardait en silence.

– Danny ! s'écria-t-elle. Danny ?

Puis elle s'aperçut qu'il ne bougeait pas. Qu'il avait les yeux à peine entrouverts. Qu'il ne cillait même pas.

Elle le dévisagea avec stupéfaction.

– Danny... ?

Il lâcha un gémissement de douleur.

Elle braqua sa lampe sur son visage et se pencha plus près. Il était affalé contre l'armoire, les bras et les jambes attachés par une grosse corde.

Une vilaine ecchymose violacée lui recouvrait la moitié du front. Et ses cheveux blonds étaient poissés de sang.

– Danny ! s'exclama Selena. Qu'est-ce qui s'est passé ? Qui t'a fait ça ?

Il cligna des paupières.

– Selena ? murmura-t-il.

– Qui t'a attaché comme ça ?

– C'est toi qui m'as demandé de venir, marmonna-t-il.

– Quoi ? Moi ? protesta Selena, confuse. Mais qu'est-ce que tu racontes ? Qui t'a fait ça ?

– Aucune idée, répondit Danny en gémissant. Je suis monté ici comme tu me l'avais demandé. Tu m'avais dit d'attendre. Après, je ne me souviens plus de rien. Pourquoi m'as-tu donné rendez-vous ici ?

– Je... Je n'ai rien fait ! bredouilla Selena. Ce n'est pas moi qui t'ai appelé !

– Détache-moi, l'implora-t-il. S'il te plaît.

– Bien sûr.

Selena posa la main sur la corde. Avant d'interrompre son geste.

Danny ne pouvait quand même pas être le Soleil, si ?

« Non. Il n'a pas pu se cogner et s'attacher tout seul. » Elle l'observa un instant. Il avait fermé les yeux. Un peu de sang coulait de son entaille au cuir chevelu.

Selena retint son souffle. C'était Danny que le harceleur avait prévu de tuer. Danny, et non

Katy. Et Selena avait dû l'interrompre avant qu'il ait le temps de terminer le travail.

« Je l'ai sauvé ! réalisa-t-elle. Je viens de sauver Danny ! »

Puis elle sentit sa gorge se nouer. Le harceleur avait attaqué Danny. L'arrivée de Selena avait dérangé ses plans et il s'était enfui. Probablement pour se cacher quelque part.

Quelque part dans l'auditorium ?

Était-il toujours dans les parages, tapi dans le noir ?

– Vite ! Allons-nous-en ! s'écria Selena. (Elle tira désespérément sur les nœuds, sans parvenir à les défaire.) Il me faudrait quelque chose pour sectionner tes liens.

– Il y a des pinces coupantes... dans le coin, murmura Danny.

Selena rampa jusqu'à l'endroit indiqué et chercha frénétiquement.

– Je ne les trouve pas !

– Près de la porte, gémit Danny.

Selena chercha à tâtons. Rien. Pas de pinces. Rien qui puisse l'aider à libérer Danny.

Elle se mit à chercher dans le matériel sur les étagères.

Puis elle entendit quelque chose. Un bruit.

Des bruits de pas en contrebas, sur la scène.

– C'est lui, souffla-t-elle.

– Qui ça ? chuchota Danny.

– Chut !

Selena cessa complètement de bouger et tendit l'oreille.

Les pas s'étaient rapprochés. Ils arrivaient juste au-dessous d'eux à présent.

Puis un tintement métallique résonna. Quelqu'un venait de poser le pied sur le premier barreau de l'échelle.

Selena éteignit sa lampe. Elle était morte de peur. Elle rampa dans le noir auprès de Danny et se pelotonna contre lui.

– Tais-toi ! lui chuchota-t-elle, pressante. Ne bouge pas !

La personne grimpait à l'échelle, d'un pas lourd et assuré.

Il y eut un bref silence.

Puis la porte s'ouvrit en grinçant.

Une silhouette imposante apparut sur le seuil.

Le harceleur.

28

Selena se figea. Elle fixait la silhouette dans la pénombre.

Une voix familière s'éleva :

– Selena ? C'est toi ?

Katy. C'était Katy.

– Katy ! s'écria Selena, pleurant presque de soulagement.

– Qu'y a-t-il ? s'inquiéta la première. Qu'est-ce que tu fabriques ici ?

– Je ne peux pas t'expliquer maintenant. On est en danger, répondit Selena. Tu as vu quelqu'un, en bas ?

– Non. Mais je n'ai pas vraiment regardé. Je suis montée parce que j'avais oublié mon bouquin de maths. Je révise un peu pendant les répétitions. Tu veux que je descende jeter un coup d'œil ?

– Non ! Laisse tomber, s'écria Selena. Danny est là. Il est blessé. Il faut qu'on l'aide !

– Hein ?

Katy alluma l'ampoule suspendue au plafond.

Selena cligna des paupières, momentanément éblouie. Elle vit que Katy portait sa combinaison noire de machiniste et tenait à la main une grosse torche en métal.

– Il saigne, dit-elle à son amie. Il faut le détacher et aller chercher de l'aide !

Katy afficha un air perplexe.

– Mais qu'est-ce qu'il fait là ?

– C'est le Soleil... expliqua Selena. (Maintenant qu'elle pouvait voir clairement la corde, il était plus facile de desserrer les nœuds.) Le Soleil a essayé de le tuer. Je crois qu'il est toujours dans les parages. Viens, Katy, aide-moi avec ces fichus liens !

– Pourquoi ? voulut savoir Katy. S'il est attaché, il ne peut plus nous causer d'ennuis.

– Tu ne comprends rien ! s'écria Selena avec impatience. Danny n'est pas le Soleil ! J'ai trouvé un autre message. Le Soleil me prévenait qu'il avait l'intention de tuer quelqu'un dans mon entourage. Je pensais que c'était toi qu'il visait, mais en fait c'était Danny !

– Non, ce n'était pas moi qu'il visait, confirma calmement Katy.

– Bon, tu m'aides, oui ? Il a besoin d'un médecin.

– Ne t'en fais pas pour Danny, dit Katy d'une voix apaisante. Il ne t'embêtera plus, maintenant.

– Selena... geignit Danny.

Selena tira sur la corde enroulée autour de ses poignets.

– Je t'ai dit de ne plus t'occuper de lui ! hurla Katy.

Elle traversa la cabine en deux pas.

Brandit sa torche.

Et l'abattit sèchement sur le crâne de Danny.

Il perdit connaissance. Sa tête bascula en avant sur son torse.

– Katy ! s'exclama Selena, horrifiée. Qu'est-ce que tu... ?

Katy s'adossa à l'une des étagères, face à elle.

– J'aimerais qu'on parle un peu de nous deux, Selena, déclara-t-elle en la regardant droit dans les yeux. De notre amitié.

Selena sentit son sang se glacer.

– Si tu veux, répondit-elle avec prudence. Mais faisons ça en bas, d'accord ?

– Je suis bien, ici, rétorqua froidement Katy. Pas toi ? Tu devrais. On est toutes les deux, comme au bon vieux temps.

Un mauvais pressentiment s'empara de Selena. Elle fronça les sourcils.

– De quoi parles-tu ?

– Tu sais, quand il n'y avait que toi et moi. Katy et Selena, les meilleures amies du monde. L'époque où on faisait tout ensemble.

Selena se laissa tomber sur le sol, à côté de Danny toujours inanimé. Par la faute de Katy. C'était elle qui l'avait assommé.

– On est toujours les meilleures amies...

– Plus comme avant, insista Katy. Avant, tu me faisais passer avant tout le reste, Selena. Comme je faisais avec toi.

– Katy, je ne comprends rien à ce que tu racontes.

– Oh, je crois que tu comprends très bien, au contraire.

Selena, consternée, vit Katy plonger la main dans sa poche et en sortir une feuille qu'elle lui agita sous le nez.

Elle en resta bouche bée.

– Non. Oooh... non !

Katy tenait une page de stickers.

En forme de soleils orange.

29

– Où... Où as-tu trouvé ça ? bafouilla Selena.

– Ce sont les miens, répondit Katy. Enfin, j'en ai distribué quelques-uns. Mais tu le sais déjà.

– Je ne comprends pas. Tu veux dire que...

Katy hocha la tête.

– Oui, c'était moi. Cette bonne vieille Katy. Je savais bien que tu ne me soupçonnerais jamais. Que tu penserais qu'il s'agissait d'un pauvre idiot raide dingue de toi.

Selena tombait des nues. Katy était sa meilleure amie. Elle ne pouvait pas être le Soleil, c'était impossible !

– Ces messages... ils ont été écrits par un garçon ! objecta-t-elle.

Katy ricana.

– Tu es si facile à tromper. Je les ai écrits de manière à donner cette impression, c'est tout.

J'étais sûre que tu tomberais dans le panneau. Parce que aucun garçon ne peut s'empêcher de craquer pour toi, pas vrai ?

– Enfin, Katy...

– Tu es tellement imbue de toi-même. Ça n'a pas été difficile de te convaincre qu'un harceleur te tournait autour. Tu interprétais le moindre incident dans ce sens-là. Je veux dire, on retrouve une échelle sous ta fenêtre, et ça y est, c'est forcément un harceleur ! Il m'a suffi de coller un sticker dessus ! La seule chose qui t'intéresse, c'est d'avoir tous les garçons à tes pieds.

– C'est faux ! s'écria Selena.

– Tu parles, fit Katy en reniflant avec dédain. As-tu seulement idée de ce que j'ai pu ressentir, ces deux dernières années, Selena ? Sais-tu ce que ça fait d'être traitée comme un sous-fifre par sa meilleure amie ?

– Je n'ai jamais fait ça ! protesta Selena. J'ai toujours été ton amie. On s'est inscrites au club de théâtre ensemble, et...

– Bien sûr, qu'on s'est inscrites ensemble ! rugit Katy. Comme si j'avais eu le choix ! Si je ne l'avais pas fait, j'aurais perdu la seule amie que j'avais !

– Katy, commença prudemment Selena. Je n'ai jamais voulu te blesser. Je pensais que ça te faisait plaisir de me voir réussir !

– Pourquoi est-ce que ça m'aurait fait plaisir ? aboya Katy. Quand on était plus jeunes, on se souciait l'une de l'autre. On était pareilles, toutes les deux. Mais après, tu as maigri et tu es devenue la star du lycée. Pourquoi j'aurais dû m'en réjouir ?

– P-parce que tu étais mon amie, balbutia Selena. Je n'ai jamais imaginé que tu prendrais les choses comme ça.

– C'est bien le problème ! rétorqua rageusement Katy. Si tu avais vraiment été mon amie, tu l'aurais su. Tu t'en serais souciée. Mais la seule chose qui t'intéresse, c'est d'être au centre de l'attention générale !

Selena jeta un bref coup d'œil en direction de Danny. Il ne bougeait toujours pas. Il ne pouvait pas l'aider. Elle devait trouver un moyen de calmer Katy.

– Et ensuite, tu as voulu partir ! continua Katy. Tu ne m'avais jamais dit que tu comptais aller à l'université. Et voilà que, tout à coup, tu croyais pouvoir décrocher une bourse et t'en aller d'ici ? Je parie que tu n'as pas réfléchi une seconde à ce qui m'arriverait !

Selena dévisagea longuement son amie, réalisant à quel point elle était dérangée. Quand celle-ci croisa son regard, elle parut se dégonfler comme une baudruche. Son regard perdit son éclat et ses épaules s'affaissèrent.

– Je pensais pouvoir t'en empêcher, murmura Katy. Je me disais que, si j'arrivais à te faire peur, tu abandonnerais la pièce et on pourrait redevenir amies comme avant.

– Oh, Katy ! dit Selena en faisant mine de prendre son amie dans ses bras.

– Sauf que ça n'a pas fonctionné ! s'écria Katy en la repoussant. Tu as continué à faire ta star ! À t'amuser avec tous tes amis et ton nouveau petit copain ! Tu te fichais bien du mal que tu pouvais faire aux autres. Tout ce qui te préoccupait, c'était ta fameuse bourse !

La crainte de Selena s'estompa, remplacée par de la colère.

– Es-tu en train de me dire que c'est toi qui as envoyé Alison à l'hôpital ? Exprès ?

– Je ne voulais pas lui faire du mal, se défendit Katy. Je pensais que c'était toi qui serais assise là. Je voulais te faire peur. J'ai raté mon coup. (Elle soupira.) J'ai vraiment tout essayé, Selena.

Cette dernière se racla la gorge.

– Et pour Jake ? demanda-t-elle tout bas, prise d'un horrible soupçon. Ne me dis pas...

– Il devenait trop curieux, répondit froidement Katy. Il commençait à fourrer son nez partout. Il a même déniché les stickers dans mon casier.

– Dans *ton* casier ?

– Oui. Tu les as trouvés dans le sien parce qu'il les avait pris dans le mien. Il n'aurait jamais dû faire ça ! C'était une grosse erreur. Enfin, ça m'a bien servi.

– Comment ça ? murmura Selena.

Katy ricana.

– Je l'ai convaincu de monter jusqu'ici. Mais il n'y a personne qui soit aussi à l'aise que moi à cette hauteur. Il n'avait aucune chance.

– Tu... Tu l'as poussé ?

– Je ne pouvais pas le laisser te raconter ce qu'il avait découvert sur moi ! rétorqua Katy. Quand même, ça m'a fait de la peine. Il était notre ami depuis des années. Mais les choses changent, Selena.

Katy se releva brusquement.

Selena la dévisagea avec horreur. « Une meurtrière, pensa-t-elle. Je suis coincée ici avec une meurtrière. »

– Katy, s'il te plaît, implora-t-elle en s'écartant. Il faut me croire quand je te dis que je suis désolée.

– Oh, je te crois ! Mais c'est trop tard.

Selena se plaqua contre l'armoire comme si elle pouvait disparaître dedans.

– Katy, non...

– Je dois dire que tu me facilites beaucoup les choses, lança Katy sans la moindre trace d'émotion. Je ne m'attendais pas à te voir ce soir. Je pensais qu'il n'y aurait que Danny. Mais je suis ravie que tu sois là.

– C'est toi qui as demandé à Danny de venir ?

– Je ne suis pas mauvaise actrice, moi non plus, tu sais ? Il m'a suffi de déguiser ma voix et de me faire passer pour toi. Un jeu d'enfant.

– Katy, redescendons sur scène. On parlera de tout ça tranquillement. Il te faut de l'aide. Je suis sûre qu'il y a un moyen de régler toute cette histoire.

– Sûrement pas ! s'écria Katy. J'ai déjà tout réglé. On aura l'impression que Danny et toi êtes montés jusqu'ici et que vous avez eu un accident. Tout le monde s'imaginera que vous êtes morts ensemble. Comme Roméo et Juliette.

Katy brandit sa grosse lampe torche.

Et s'avança vers Selena d'un air menaçant.

30

Avec un cri sourd, Selena se jeta en avant. Elle roula par-dessus Danny et se précipita jusqu'à la porte au fond de la cabine.

– Katy, s'il te plaît, arrête ! supplia-t-elle.

– Laisse tomber, lui conseilla son ancienne amie. Tu n'as aucun endroit où aller.

Et elle abattit sa torche.

Selena poussa un cri en la prenant sur l'avant-bras. Une douleur fulgurante lui remonta jusque dans l'épaule.

Alors que Katy relevait sa lampe, Selena recula d'un bond. Saisit la poignée dans son dos.

Ouvrit la porte en grand.

Et resta pétrifiée de peur.

Elle avait oublié que la deuxième porte s'ouvrait directement sur la passerelle ! Très haut au-dessus de la scène. Le passage grillagé s'étendait devant elle comme une corde raide.

Prise de vertige, Selena voulut faire demi-tour mais Katy lui barrait la route.

– Eh bien quoi, Selena ? Tu as changé d'avis ?

– Katy, laisse-moi passer...

Celle-ci s'esclaffa.

– Tu as toujours eu le vertige. Depuis qu'on est toutes petites.

– Oui, reconnut Selena. Je sais.

– C'est pour ça que mon plan est parfait, déclara Katy. On pensera que tu as eu peur et que tu as basculé dans le vide. Ça n'étonnera personne.

– Arrête ! Ne fais pas ç...

Katy abattit de nouveau sa lampe torche.

Selena esquiva. Recula d'un pas.

Katy arma le bras et se prépara à lui donner un autre coup.

Selena n'avait plus le choix. Elle se retourna et s'enfuit sur la passerelle.

Mais elle glissa. Bascula par-dessus la rambarde.

Et se sentit tomber.

Vers une mort certaine.

31

— Nooooon !

Elle tendit le bras en poussant un cri d'horreur. Ses doigts se refermèrent sur la rambarde.

Elle s'y accrocha, et tint bon.

Elle se cramponna avec l'énergie du désespoir. Malgré la douleur violente qu'elle éprouvait dans le bras.

Jusqu'à ce qu'elle parvienne à saisir la rambarde à deux mains.

Après quoi, elle se hissa péniblement sur la passerelle.

Hors d'haleine, tremblant de tout son corps, elle fit un pas en arrière. Puis un autre.

Katy la suivit en tenant sa torche devant elle.

Selena continua de battre en retraite sur ses jambes flageolantes. Elle s'efforçait de ne pas regarder en bas. Elle fixa plutôt la torche de Katy.

– Aïe ! s'exclama-t-elle en sentant une barre métallique dans son dos.

Elle se retourna. Elle avait atteint l'extrémité de la passerelle. Elle ne pouvait plus reculer.

Seulement descendre.

Son regard fut attiré par la scène en contrebas. Elle paraissait si loin ! Elle eut de nouveau le vertige et dut plaquer les deux paumes contre le mur pour se retenir.

– Tu as peur de tomber ? persifla Katy. Tu as bien raison !

Elle fit un pas de plus vers Selena.

Puis elle tenta de la frapper à la tête avec sa torche.

Selena se baissa en poussant un cri.

Perdit l'équilibre sur la passerelle et glissa en avant. Elle se retrouva à califourchon sur le passage étroit, qu'elle serrait avec ses bras.

Katy se mit à rire.

– Arrête ! Arrête ! supplia Selena. S'il te plaît !

– D'accord, concéda Katy. J'arrête.

Selena leva les yeux, surprise.

Katy posa sa torche et s'accroupit devant Selena. Elle essaya de tirer sur ses bras pour lui faire lâcher la passerelle.

– Non ! s'écria Selena.

– Lâche !

Katy se remit à tirer.

Selena se cramponna de toutes ses forces, avec les bras et les jambes.

– Tu es plus forte que je ne pensais, reconnut Katy. Mais tu seras bien obligée de lâcher quand je t'aurai assommée.

Elle ramassa la torche et la brandit bien haut.

Selena fit la grimace et ferma les yeux.

32

Selena se prépara au choc. À sentir la lampe torche s'abattre sur sa tête.

Elle attendit.

Et attendit.

Quand elle rouvrit les yeux, elle vit Katy toujours accroupie devant elle, la lampe à la main. Mais son regard se portait désormais à l'autre bout de la passerelle.

Selena tourna la tête et vit Eddy au sommet de l'échelle.

– Pose cette lampe, demanda-t-il à Katy d'une voix douce.

– Fiche le camp ! riposta-t-elle avec hargne. Tu n'as rien à faire là !

– Laisse-la tranquille, insista Eddy.

Il s'avança prudemment sur la passerelle en direction des deux filles.

– N'approche pas ! le prévint Katy. (Elle se redressa.) Ou bien je m'occupe de ton cas aussi.

– Ne sois pas idiote, Katy, protesta Eddy. Tu ne vas quand même pas nous tuer tous les trois ? Je sais bien que tu n'en as pas envie.

– Tu ne sais pas de quoi j'ai envie ! s'écria Katy, d'une voix frémissante de colère.

Elle s'avança vers le jeune homme.

– Alors pourquoi ne pas m'expliquer ? suggéra-t-il.

– Oh, je vais le faire, lui promit-elle. Si tu t'approches encore.

Eddy fit un pas de plus. Ils n'étaient plus qu'à un mètre l'un de l'autre.

Selena avait trop peur pour bouger. Pétrifiée, elle regarda ses deux amis se faire face. Katy était tellement focalisée sur Eddy qu'elle en avait complètement oublié Selena.

– Pose cette lampe, Katy, répéta le garçon. Redescendons sur scène, tous ensemble.

– Ça te plairait bien, hein ? rétorqua Katy. Tu serais en position de force. Alors qu'ici, c'est moi qui ai l'avantage.

Sans prévenir, elle envoya sa torche vers la tempe d'Eddy.

Selena poussa un cri, mais lui se baissa. Il écarta les bras, fit des moulinets avec et parvint de justesse à s'accrocher à la rambarde.

« C'est fichu, pensa Selena. Katy va tous nous avoir. »

Puis elle vit Eddy tendre le bras brusquement vers la torche. Il la rata d'un cheveu ; Katy avait reculé.

Avec un grognement de rage, elle tenta de lui asséner un nouveau coup.

Cette fois, elle le toucha avec un bruit sourd.

Eddy vacilla, perdit l'équilibre et glissa dans le vide. Il se cramponna du bout des doigts à la passerelle ; son corps se balançait au-dessus de la scène.

Katy entreprit de lui marteler les doigts avec sa torche. Il cria mais refusa de lâcher prise.

« Il va mourir ! comprit Selena. Sauf si je fais quelque chose ! »

Mais en serait-elle capable ?

Elle prit une grande inspiration, puis se mit à ramper vers Katy.

Celle-ci continuait d'écraser les phalanges d'Eddy.

Selena l'entendait crier de douleur. Elle prit conscience qu'il ne tiendrait plus très longtemps.

Oubliant sa phobie, elle se releva. Et sauta sur Katy.

Celle-ci brandissait sa torche bien haut, prête à l'abattre de toutes ses forces.

Mais Selena lui saisit le bras à deux mains.

– Lâche-moi ! hurla Katy.

Elle tenta de se dégager violemment... et perdit l'équilibre à son tour.

Selena en profita pour lui arracher sa torche. Celle-ci vola dans les airs avant de se fracasser sur la scène en contrebas.

Pendant un instant, les deux filles luttèrent pied à pied, agrippées l'une à l'autre.

Selena chancela. Elles allaient tomber toutes les deux et s'écraser sur les planches.

Puis elle se sentit basculer en arrière, suivie de Katy. L'instant lui parut durer une éternité. Elle se prépara au choc fatal... qui ne vint pas.

– Hein ? grommela-t-elle.

Elle était allongée sur la passerelle, écrasée sous le poids de Katy.

– Tiens bon ! lui cria Eddy en se jetant sur elles pour les empêcher de tomber.

Selena ne parvenait plus à respirer.

– Lâchez-moi ! hurlait Katy en se débattant comme une furie. Lâchez-moi !

– Accroche-toi, Selena ! cria Eddy.

Il se releva, souleva Katy sans ménagement et l'entraîna sur la passerelle. Ils disparurent dans la cabine.

Selena fixa longuement la porte, hébétée, sous le choc. Au bout d'un moment, elle se mit debout sur ses jambes tremblantes. Sans Katy, la passerelle était moins dangereuse. Marcher dessus semblait presque facile.

Elle retourna prudemment jusqu'à la cabine. Eddy avait libéré Danny et se servait de la corde pour attacher Katy.

– Comment tu savais que j'étais là ? lui demanda Selena.

– J'ai deviné. Tu avais l'air bizarre, au téléphone. J'ai pensé que tu aurais peut-être envie de venir ici.

– Bien vu ! s'exclama Selena.

Submergée par l'émotion, elle se jeta au cou d'Eddy et l'embrassa.

Il la serra dans ses bras. Puis il se détacha d'elle avec une expression perplexe.

– Tu n'es pas en train de jouer la comédie, là, j'espère ? demanda-t-il.

Elle se pressa contre lui.

– Non. Je ne joue pas, murmura-t-elle. Dieu merci, la représentation est terminée !

– Ne dis pas ça, protesta Eddy. (Il referma ses bras autour de sa taille.) On en est à peine à l'acte I !

Ouvrage composé par
PCA – 44400 REZÉ

Imprimé en France
par Normandie Roto Impression s.a.s.
61250 Lonrai
N° d'impression : 2104656
S32109/01

FSC
www.fsc.org
MIXTE
Papier issu de sources responsables
FSC® C003309

L'éditeur de cet ouvrage s'engage dans une démarche de certification FSC® qui contribue à la préservation des forêts pour les générations futures.

Pour en savoir plus :
www.editis.com/engagement-rse/

PKJ
www.pocketjeunesse.fr
POCKET JEUNESSE

92, avenue de France – 75013 Paris